主编　凌翔　　　　　　　当代作家精品·散文卷

心怀远方，微澜足记

李东旭　著

民主与建设出版社
·北京·

图书在版编目 (CIP) 数据

心怀远方，微澜足记 / 李东旭著 . -- 北京：民主
与建设出版社，2023.4
ISBN 978-7-5139-4176-1

Ⅰ.①心… Ⅱ.①李… Ⅲ.①散文集－中国－当代
Ⅳ.① I267

中国国家版本馆 CIP 数据核字（2023）第 071949 号

心怀远方，微澜足记
XINHUAI YUANFANG, WEILAN ZUJI

著　　者	李东旭	
责任编辑	周佩芳	
封面设计	邓小林	
出版发行	民主与建设出版社有限责任公司	
电　　话	（010）59417747　59419778	
社　　址	北京市海淀区西三环中路 10 号望海楼 E 座 7 层	
邮　　编	100142	
印　　刷	三河市中晟雅豪印务有限公司	
版　　次	2023 年 4 月第 1 版	
印　　次	2023 年 5 月第 1 次印刷	
开　　本	710 毫米 × 1000 毫米　　1/16	
印　　张	15	
字　　数	200 千字	
书　　号	ISBN 978-7-5139-4176-1	
定　　价	69.80 元	

注：如有印、装质量问题，请与出版社联系。

目 录

第一辑　走过万水千山

一个人的藏地之旅

　　等待候机的人群熙熙攘攘。有些神情庄重，不发一言。有些郁郁寡欢，呈现落寞。有些面目憔悴，似乎正从高原反应的艰难中挣脱出来。刚刚经历的这座高原城市，它始终以一种谦卑的姿态，对自己的无边法力，缄默不言。所以，注定这场心灵的洗涤，带给人冷静与沉默。这里是贡嘎机场，大家很快就会四散到各自的城市。

　　排队的人流，突兀眼前的是一个50升的格里高利。这个略显庞大的户外背包，里面一定寄存了无数狂野的路途。同样的背包，2015年，我和爱人在风雨交加中跋涉武功山；2017年，独自背着它完成我的色达梦想，2019年，实现了我和爱人的雨崩徒步。暗自打量这个清瘦的女生，似乎有力量支撑，充沛而坚韧，如同年轻时候的我。也许她正在开启自己无惧艰险的东奔西走。

　　没有选到靠窗的位置，拍摄万米高空的风景，姑且留给下次。那个女生竟然在我的邻位落座，娴熟地从随身的小包抽出一本书。《夏摩山谷》，太熟悉的封面，抑制不住一抹笑，果然同频，都是庆山的粉。这是庆山的新作，是一本需要慢慢消化的书，有了藏地的经历，读起来应该会更加相契。我曾经读过两次，第一次正处于琐事的搅扰之中，不能安心阅读，甚至觉得晦涩，无疾而终。第二次心神稳定，复杂的人物刻意标注，慢慢参悟要领，别有心得。这次独自出门，我带了庆山的旧作《莲花》，彼时她以安妮的名字深入人心。关于藏地的种种，《莲花》许多年前就在我的内心埋下伏笔。这么多年，我一直在等一个火花，来把从前所有的向往引爆。

仿佛一场梦，宇宙广袤，万物幽微，千山万水，我们相会。当我终于与它们浑然一体，内心呈现忘我而完满。

此刻，任凭飞机颠簸轰鸣，回味汹涌。想念布达拉宫的庄严巍峨，想念珠穆朗玛的蓝天冰雪，想念蜿蜒的山路与河流，想念圣地里的烟火。甚至自私地想把它们一一据为己有。

2020 年 6 月，这段一个人的藏地旅途，超过我在不同的地方走走停停所经历的众多体验，超过我所做过的许多事。红景天、高原安、葡萄糖，是我一路上的强心剂，无比庆幸，安然无恙。

收藏的记忆，一次次涌现，里应外合。

迷恋的感觉令人上瘾。

朝拜布达拉宫

到达西藏的第二天就去朝拜布达拉宫，是想用一整天的时间在拉萨适应高原的稀薄空气，为后面更加凶险的海拔做些身体上的准备。

布达拉宫的门票需要提前一天网上预约，熬到深夜 12 点，迟迟不见预约的窗口开放，再去看网站介绍，才知窗口的开放时间是上午 9 点。高铁站候车的时候，见缝插针地顺利预约到了布达拉宫第一个时间段的门票。是个吉祥的开端！后来得知，有许多人为了当天进入布达拉宫，不得不参加布达拉宫一日游的旅游团，还有人高价从黄牛手中拿到预约入场券。

前一天晚上，已经按捺不住去了布达拉宫广场，以百感交集热泪盈眶实现与布达拉宫的初见。第二天晨曦微明，将保温杯里灌满葡萄糖水，背起包早早出发。

穿过地下通道，终于更加接近布达拉宫。布达拉宫门前的小广场，是鸽子的天地。它们在此间觅食，突兀地飞起，又盘旋着落下，布达拉宫就在一片窸窣声中渐渐苏醒。

围绕布达拉宫转经的人流，很像是在进行一场晨课。有的人手持经轮，念念有词，有的人只是任凭步履匆匆，受信的男女老少，旁若无人，却在以自己的方式履行着心灵的契约。

经过严格的扫码测温，终于跨入布达拉宫大门。神圣的布达拉宫门口花团锦簇，树影摇曳。奶白色的墙，红色的门窗，窗上随风飘动的帘，还有印在黑布上的吉祥八宝图，让人不由自主地沦陷进去。

在布达拉宫脚下郑重仰望，炫目的宫墙层层叠叠高耸入云，蔚蓝天空，镏金屋顶，黑色经幢，各种鲜艳庄严组合，这样的视觉冲击再一次令人叹为观止。

沿着台阶缓缓向上，地势与建筑浑然一体宛若天成的气势，愈加清晰而强烈。通天的白色台阶，高高悬浮于尘世之上，如同登上星月的天梯。流云把布达拉宫压倒一切的壮阔烘托得英姿飒爽，泛出遥不可及却又映照时空的光芒。一种强大的气场阵阵袭来，让我这个没有宗教信仰的人，内心油然升腾起一种宗教的虔诚。

游走于金碧辉煌的佛殿、灵塔、寝宫、回廊，时而进入殿内，时而又来到宫外，灯光渺渺，窗帏低垂，酥油的味道四处弥漫，好像落入一个晦暗古老的梦境，在那些经书、佛像、壁画和遥远的传说中渐渐迷失。是的，千百年岁月的余韵已经遍布在布达拉宫的每一个角落，似乎每一个物件都有一段故事，每一处方寸都在诉说一段历史。

伟岸的布达拉宫，岿然千年，巍峨壮美，伴随日月星辰的交替更迭，赢得最高耸的荣誉，从繁华到归隐永远璀璨夺目。而我们沉浸其中，感受到的是信仰的无限力量。

阳光普照，午后的布达拉宫，散发干净的光泽，吐露不可逾越的神圣。抬眼还是蓝天白云，思绪却早已忘了红尘归处。

羊卓雍措

西出拉萨城，沿雅鲁藏布江前行，一路弯曲险峻。翻过岗巴拉山口，一汪碧蓝便出其不意地旖旎而来。山顶彩色经幡重重叠叠，在猎猎风中剧烈翻飞。山下湖水千回百转，如同凝固的画幅，柔软地铺到天边。

这，就是羊卓雍措了。刹那间惊鸿。

天空蓝得彻底，云团簇拥，缠绵盘旋。羊湖妆容精致，拖着曼妙的身姿，落落大方地挥洒磅礴。云雾缭绕的神山雪峰，缥缈在远处，散淡地挂在它的身后，仙境一般地存在。周围山谷丘陵，裸露黄褐色肌肤，高低起伏，凹凸蜿蜒，天然匠心出羊湖的优美曲线。在世界的注目礼下，羊湖更像藏在深闺里的小家碧玉，衣裙得体，沉着骄矜，仿佛被怜香惜玉般无限呵护，美得令人恍惚，又有夺人魂魄的深邃。

身临其境带来的应接不暇，打乱我的阵脚。生怕这一片美景被眼睛胡乱吞咽，躲开人群，靠近湖边，独自品尝。

阳光化为闪闪烁烁的光雾，朝着四周阴暗的地方浸染。纯净的湖水经过不同时刻的阳光照射，呈现出深浅不同、层次丰富的蓝。湖水卷起透明的浪，发出有力量的碰撞，波浪滔滔如诉，令人印象深刻。然而接近岸边，水花已经完全失去脾气，推推搡搡着有规律地亲吻。眼前的湖光山色由我独享，又一次怦然心动。静美的羊卓雍措，或许只有寂寞的身影最为相宜。

遇险卡若拉

作别羊卓雍措，路途继续，去往卡若拉冰川。临行仓促，注定这并不是一次有备而来的旅途。对于卡若拉冰川，我知之甚少，及至中途攀爬的冰川背面，我一度以为就是真正的卡若拉。

海拔应该已经超过 5000 米，大大小小的玛尼堆随处可见。上山的路，接近乱石荒滩，需谨小慎微地择路而走。滩边大河壮阔诡异，跳脱自在，日光之下，看到白色浪花翻卷沉落，轰然有声，向下游呼啸而去。它的起源，是高山上融化的雪水。覆盖着皑皑白雪的峰顶就在眼前，似乎伸手就可触及，却又高不可攀。

前方高处挂满经幡，被雨雪洗褪颜色的小旗在大风中剧烈飞舞。从矮小的灌木丛，到单薄的地衣，往上走愈加荒芜，直到寸草不生的白雪冰层。

路迹模糊，同行的人已经放弃折返，这样的路途却让我上瘾，不愿停止。一个人缓缓走到尽头，宽阔湖泊跃入眼帘。头顶团云覆盖蓝天，雪山下湖水潺潺，最为惊讶的是或娇小玲珑或边幅不修的玛尼堆层层叠起，竟然纹丝不动地矗立在绵延的流水中。面对如此的浑然天成，我的内心被深深震撼。

久久伫立。这种与世隔绝的空旷、洁净与幽深，已经住进我的心里。别有珍藏，不忍告别。

回到车上继续前行，抵达真正的卡若拉，这里是《红河谷》的拍摄地。只觉得异常寒冷，全身瑟瑟发抖，甚至失去在车外短暂逗留的勇气。草草扫几眼，赶紧钻进车子里。

一直担心的高反终于不期而至。车子没有走出多远，胸口便阵阵翻江倒海，踉踉跄跄冲下车，吐得一塌糊涂。回到车上，头疼欲裂，闭起眼睛，强忍着疼痛的冲击，靠在车窗上试图自我疗愈。

很无助，却无比期待劫后余生。

相会珠峰大本营

一直处于严重的昏睡之中。恍恍惚惚苏醒过来，仿佛刚刚经历一场梦境，所有的不适竟然完全消失。还在跋涉的路途，这份身体的健康就已经失而复得。

抵达日喀则，我们要在这里借宿一晚。不敢放任自己的好奇随心所欲地到处探究，只能安安分分地守在房间，心无旁骛地休息。明天的海拔是更大的考验，实在不敢掉以轻心。

一夜无恙。漫无目的地溜达进日喀则的街头，避开藏式茶餐，随意找个中规中矩的店铺，以豆浆包子的标配完成早餐。等待司机师傅办理边防证，在房间里继续养精蓄锐。也许师傅被我昨天昏天黑地的呕吐惊吓到，其间打来电话要帮我预订一大罐氧气。确信自己已经没有大碍，婉言谢绝。随身背包里的小瓶氧气一直纹丝未动，可以把它作为最后的底气。

出发将近 10 点，今天的目的地是珠峰大本营。路途颠簸异常，但情绪一改昨日的涣散，重新沉醉于周遭的新鲜迥异。在被誉为世界之巅的加乌拉山口观景平台停留，举目远眺，远处山脉连绵起伏，隐约露出雪山峰顶。据说可以看到珠穆朗玛峰在内的 4 座 8000 米雪峰，只是我没有能力准确辨别。收回视野俯瞰脚下的珠峰公路，便是蔚为壮观的 108 道拐，那些拐了数不清的蜿蜒，成为我记忆中最生动的惊讶。而抵达珠峰的曲折不易，更令人感同身受。

继续前行。越接近，越肃穆，最后一段路途需要换乘电瓶车抵达。

5200 米的海拔终于踏在脚下。一大片黄褐色荒芜，寸草不生布满碎石。山间谷地河水奔腾，喧哗着向下疾驰。天际矗立高耸雪山，寂寞地高过一切连绵的山脉。线条简洁，皑皑白雪柔和地覆盖在金字塔形的山巅，朵朵流云写意在肩头，仿佛湛蓝天空里的一帧画幅，清新、壮阔、冷峻、孤寂。

这就是珠穆朗玛峰。拿出执着的心，换来一窥真颜的礼遇，这样的相见令我惊喜得无所适从。屏息静气，强忍着亢奋，小心翼翼地踩着碎石缓缓攀爬靠近。

山野间的大风刮得猛烈。停下脚步，长久地凝望它。如同高原上的孤岛，与世隔绝，进入它和离开它，都一样路途艰难。唯独它自身，骨感峥峥，存在于此，仿佛与世间并无任何依傍和关联，只是这里的一切成全它的完好。如此超然世外，却又与这天地密不可分。

两个小时的沉默，突然觉得很静，只是目不斜视地追随雪山的时隐时现。太阳的光线渗透而出，雪山那锯齿般的峰峦呈现出鲜明轮廓，斜面折射出光芒，产生有生命力的变化，转眼又是另一幅勾魂的亮丽。这是转瞬即逝的日照金山，也被我欣喜地遇到。天空变得幽蓝，周围绵延起伏的山谷轮廓，在云团汹涌的广袤画布里，显出醒目的侧影。

万籁俱寂处，万物寡言。珍惜瞬间和现在。

珠峰，已然天涯化咫尺。

没有丝毫高反的症状，此生以这样的顺随与之相遇，我幸福得一塌糊涂。

时刻提防那捉摸不定的高反突然降临，反复告诫自己不能过于贪心，忍住夜宿珠峰脚下看星空的念头，返回到海拔 4600 米的巴松村。这是距离珠峰最近的村庄，住宿条件简陋，但意外地洁净温暖。藏族女人一直在穿梭忙碌，男人们反倒无所事事地闲坐。客厅里烧牛粪的炉子带来阵阵暖流，天南海北的客人围坐其中，喝茶、取暖、聊天、分享食品，场面温馨，大家以这样的热气腾腾来庆祝与珠峰的相会。

生怕被这一夜的寒冷狠狠地侵袭，特意带了暖宝贴，但全然用不上，尽管四人间里只住了我一个人，也没有丝毫清冷的感觉。一夜无梦，睡眠无比酣畅。就这样克服了高反，连我自己也无法置信。

不得不说，自己是幸运的。对于我这个有着严重高反经历的人，乘坐飞机到达西藏原本就是一个冒险的举动，又不计后果地预定了珠峰的行程，在进藏之前，我就已经孤注一掷地把自己送入险境。然而，一一化险为夷。

扎什伦布寺

西衔阿里，北靠那曲，东邻拉萨与山南，这里是西南边陲日喀则。3847 米的海拔，并不容易轻松抵达。

珠峰大本营归来，需要在这里住上一晚。扛过 5200 米的海拔，终于可以大摇大摆地放松休憩。一个人投入进去，在闹市里东游西晃。藏式茶馆、饭店转身可见，门楣古朴伴有相认不出的曲折字体，窗棂经过细心雕琢，红、黑、绿配色大胆，装饰华丽醒目，呈现独特气质。

没有试探的雄心，还是找了熟悉的川味小炒安顿晚餐。洁净的空气与一定强度的奔波，果然对身体有良好的作用，整夜睡眠酣畅。

今天要去扎什伦布寺。班禅的驻锡地，果然气宇轩昂。远远观望，尼色日山披着淡淡的青衣高高地耸立，山坡上层层叠叠的经幡在风中翻飞，依着山坡而筑的扎寺沐浴在晨光里，殿堂叠耸，金碧辉煌。

迈进扎寺，走过大块岩石砌成的开阔广场，便来到寺内的转经路。彩色涂绘的经筒漆面斑驳，留下岁月的痕迹。背着幼小婴儿的年轻少妇，步履蹒跚的年迈老人，走路矫健的壮年男子，牵着孩童的中年妇人，一边轻念真言，一边用力拨动经筒，发出呼呼的声响。无尽的祈祷蕴含在每一次转动之中，如此的频率让心变得安宁。

前方白塔更是人潮涌动。老老少少，男男女女，顺时针绕行。手持念珠脚步迅疾，能量集聚周而复始，为他们的虔诚带来加持。疲倦时亦可以随意休息，相遇的人们亲切而自然地团聚一起，彼此倒杯热茶、分享食物，席地而坐交换见闻。塔边长久停留，内心踏实安稳。

拾级而上，巷陌重重，青石小道，径路深幽。随意一个转角处，一条小巷间，一座大殿外，红色僧衣鲜明耀眼，过往人群屏声静气。总能看见一个或几个朝圣者正双手合十，深深俯首，静静地默念、祈祷，旁若无人。

大殿内，可以看到藏民正在供养，或许是一小袋青稞面粉或许是一罐酥油甚至只是一壶甜茶，更多的是捐钱，不计多少。把它们奉送在佛像前，献出自己的认真、虔敬和忠诚。

白墙高耸，檐壁雕琢，黄铜屋顶闪闪发光如同鸟翼升起。殿堂金碧辉煌，壁画色彩鲜艳，佛像神态各异，香炉紫烟缭绕，供台烛火闪耀，僧侣肃然诵经，信众顶礼膜拜，游客敬观仰视。按着墙上的指示依次观瞻，躲避在鳞次栉比的建筑群里迷失。

抬头，于半掩高立的白墙和红色穹顶之间偷偷蹿出一抹蓝，好似苍生中邂逅的另一个别样世界。这偏居一隅的安详，给人镇定人心的抚慰。在佛殿，在烈日暴晒的广场，在空无一人的巷道，也共存于阴影中默默添加酥油灯火的僧人。

遗世独立，闪闪发光。

纳木措

拉萨停留的最后一天，临时起意要去看一眼纳木措。约好的拼车早上 6:40 布达拉宫前的白塔集合。前日研究了几条线路，都因为所需要通过的安检门 7 点才能开放无法通行。得出的结论是步行不足十分钟的路程，也必须打车才能到达。

夏日通常有突如其来的雨水。6 点多准备出门，原本完好的天空开始淅沥。叫了滴滴，两三分钟就到达白塔。雨势更加威猛，约好的车子未到，只能在简陋的遮阳棚下暂时躲避。气温在迅速降低，风一股股灌进身体，冷得无比辛辣。

车子在滂沱的大雨中疾驰而来，看清车号，大家蜂拥而入。此刻，这个狭小的封闭空间带来的温暖，不亚于雪中送炭。南腔北调的口音在车里汇集，话题辽阔，在他们的热烈交流中我需要悄悄打个盹儿。

雨慢慢停歇。从拉萨到纳木措的途中，要翻过海拔 5190 米的那根拉山口。藏民心中，每个山口都是神圣之地，挂满经幡，呈现对神灵的敬畏。狂风呼啸，密密麻麻的经幡在风中激烈飞舞，周围山丘清冷雄浑。顶着刺骨的凛冽，登上山口远眺纳木措，美丽的圣湖，犹如一面宝镜镶嵌在天际，送来无尽的遐想。临近盛夏的正午，伴随彪悍的风声，一场冰雹突袭而至，这样的体验绝无仅有。

纳木措已经近在咫尺。海拔 4718 米，这个世界上海拔最高的湖泊，像是大地献给蔚蓝苍穹的一块碧玉。浩瀚湛蓝的湖面，静谧威严的冰山，是圣湖与念青唐古拉的交相映衬，仿佛接受了神明的旨意，被安排成一种极致的超脱。清澈的湖水在微风下泛起阵阵涟漪，散发摄人心魄的动荡，披着银装的念青唐古拉主峰傲然肃立，心无杂念默默守望。

天空被阴晴分割。一面阴云密布，呈现灰调的黯淡，澎湃壮阔；一面云团簇拥，依偎和缓的高原丘陵，沁人心脾。

成群的红嘴鸥来助兴。或嬉戏飞逐，或惬意悠游，或红掌泛波，或展翅翱翔，或孤独凝望，或追寻交汇。恍惚之间，涌来大海的风情。精心装饰的牦牛，成为拍照的道具。价格低廉，占据着湖边上等的位置，吸引游人打卡纳木措。

迎宾石高大醒目，以门神姿态矗立湖边。经年累月的风吹日晒，缠绕的经幡已经失去色彩，但对于神灵的虔敬依旧无与伦比地厚重。

　　雨点厚重地落下来，不敢放纵自己奔跑。纳木措的海拔，让我仍旧保持轻微警惕。慢慢走回停车场，一些贪嘴的红嘴鸥正在欢天喜地地接受游人的饲养，渲染出一片浓烈的嚣叫。

　　遥遥地再望一眼纳木措的水天一色，即将乘车离开。感恩感谢，最为担心的高反始终没有来。背包里的小瓶氧气，已经如影随形地跟了我五天，从未拆开使用。明日返程，是时候丢弃它。

拉萨的微小花絮

　　新华宾馆，名字太过老迈，却是我在拉萨的大本营。推开五楼平台暗红色的门，布达拉宫的全貌便一览无余。可以呆坐这里不发一言，也可以与亲密的人分享一杯酒，不需要交换复杂信息，只是看着布达拉宫上空的风云变幻。巍峨庄重的布达拉宫，在变幻的光线与云雾中呈现，让人久望而不厌。遗憾的是，我每天早出晚归，不够有时间享受这个居住之地。飞离拉萨的那个清晨，我把告别的仪式留在这里。

　　因为新华宾馆的便利位置，只要我走出大门，无论怎么逛，最后都能走到布达拉宫跟前，再围着它绕上一圈。

　　围绕布达拉宫转经，是当地藏民每日的功课。福德无法自动降临，它需要被累积。他们每天持续感恩这样的人生，没有一丝疑虑。

　　更有无数信众远道而来，接受约定俗成的秩序。似乎没有多变的情绪和混沌不清的烦恼，只是保持心的洁净，这大概是他们一生的戒律。所以无须任何管束，只有自发的忠诚。

　　这里成为巨大的能量场，聚集过无数心灵求索的渴望，汇聚过无数的祈祷与修习。信仰的力量，让那些沉浸其中的人们变得出乎意料地执着、坚毅，甚至是无所不能。所以，我们看到的慈眉善目不是长出来的，而是仁爱的心性颐养出来的。如此的启示对人的滋养深厚彻底。

为了捕捉布达拉宫的倒影，去了两次宗角禄康公园。但一次阴天小雨，一次有游船飘荡，龙王潭里看不到倒影的清晰。这样的缺憾，并未觉得扫兴。换个角度，拍下布达拉宫的背面。

摸到药王山上，拍下布达拉宫的侧影。钱币上的传说展现在眼前。

在拉萨的每一天，都会把自己投掷在布达拉宫广场的夜色里。它始终是那么迷人，带着一股神秘和遗世的呢喃。传递出来的身心宁静，是送给自己最好的礼物。

这段记忆饱满而紧凑，带来灵魂的美好果实。从未曾与它真正告别，一起让时间通过和流经。

留在结尾的话

纯净湛蓝的天空，雄奇壮美的神山圣湖，淳朴而彪悍的民风，神秘而虔诚的信仰以及曼妙生花的异域风情，这就是魂牵梦萦的西藏。我用最动人的经历投奔它，它用最盛情的风景款待我。

纵然遭受过几个小时的头疼欲裂、翻江倒海，甚至还在布达拉宫广场被半掩的卷闸门击中，撞得我眼冒金星，差点昏厥，及至现在眉心还烙着深深的印痕，这些都成为可以忽略的微不足道。

没有来到这里的人依然在犹豫，我的拥有已然充沛。藏地日子里的点滴，现在想起来仍旧美好得不真实，但它的容颜，它的气息，将不再模糊，不再梦幻。

风景后退，时光向前。

分别已经迫在眉睫。

蓝天、白云、雪山、湖泊，连续八天的目不暇接，令我几乎丧失回归城市的勇气。

经历才是最好的故事，更是永不枯竭的生活源泉，完成我的填空之旅，只想带回远处的气息，以此慰藉小城生活的寡淡。

这个世界是我们无法企及的，但值得为自己的梦想冒险。

但愿我们每个人，想安心的时候可以朝九晚五，想出行的时候，能够说走就走。

在虔心赴藏的旅途上，我们阿里再见。

一个人的色达

2017 年 5 月，阳光普照，无微不至。

离家。启程。去实现堆在心里的沉甸甸的愿望。

又一次游荡在宽窄巷。烟火成都，我只是过客。早上 5 点起床，服下两粒红景天，匆匆赶往出发地点。一辆越野车，我和一对广东夫妇，连同司机共计四人，逍遥地启程。

天气无限好，阳光充沛，云朵沸腾，一路如影随形。桃坪羌寨、西索民居、卓克基土司官寨都草草掠过，我们的心早已飞往更远处。一路上绵延不尽起起伏伏的低矮山峦，洋溢隐逸的气息。蓝天与远山之间，间隙分明，层次有序。有的地方，春天依旧在沉睡，似乎寸草不生。有的地方，枝繁叶茂，盛放浓绿。有的地方山势浑然壮美，山头裹露一层白雪，惹人注目。山谷河流呈现野性的壮阔，一路固执跟随。

进入甘孜，视野里开始遍布跳跃的色彩。午后的阳光，浓稠得如同天堂洒下的帷幕。一座座高耸的暗绿山脉，蜿蜒、沉静，阳光打过来，染上一层淡淡的金光。藏式民居毗连错落，灿烂夺目，宫殿重叠，很远处就能看到气势恢宏的金顶。黑色牦牛，旁若无人，星星点点撒在山野。

路途里的一切，就这样收留着我们的梦想，忘却疲惫，身心随意栖息。远走他乡的心灵，仿佛找到归处。

不翻山越岭，怎能相见？十个多小时的车程，已到色达。

抵达海拔 4000 米的喇荣五明佛学院，仰望色达。密密麻麻的红色小屋子错落无序地随处散落着，舒展而静谧，从眼前一直蔓延到无限远。金色的阳光倾洒下来，山间的木屋沐浴在一片佛光之中。

湛蓝的天空，翻卷的白云，红色的经舍，纯朴的藏民，修行的喇嘛觉姆，汇聚成一幅奇异绝伦的高原风光，汹涌而深沉地冲击着心灵，那些钝重的惊慌仿佛瞬间找到地方收养。郑重地踏入坛城，跟随转经的人流，感觉到内心的安静与柔软，眼泪要掉出来，却没有任何的难过或欢喜。无所贪爱，每一刻却贯注深情。也许，一个地方就应该有这样的威力筛选属于它的人，供养出此刻当下一颗清净优美的心。

行走在千里梵音之间，庆幸时光，给我一窥真颜的恩赐，相见恨晚也是遇到！我终于站在离天空最近的位置告诉自己：我已来过。

漫山遍野的小红房子也许即将成为绝唱，隔着重重山水，我与它在尘世中相认，与它对望，用心铭记。

亲爱的朋友，请你们一定来一次。

色达天葬台。知道它意味着高贵与圣洁，等待的过程变得坦然。上百只秃鹫秩序井然地不约而至，场面震撼壮观。死亡只是不灭灵魂与陈旧躯体的分离，也许不需要悲伤吧。

踏着夜晚 9 点的夜色，重新攀上 4000 米的山顶，来与色达做最后的告别。漫山遍野的细碎灯光，像极了被洒满了无数颗明星的夜幕。微微寒冷的风里，嵌着淡淡的檀香味道，扑在我的脸上。泪水又一次微微落下。是的，这个世界真的有无数的人在我不能抵达的地方，用我无法体会的方式过着和我截然不同的生活。然而这一切，我不经历一路的颠簸，跋山又涉水，我也不会知道。还好，等待没有落空。

为了拍下色达的夜晚，这次出门特意带了单反，很想用相机清晰地记录夜幕里的红房子，但是偷懒没有带三脚架，单反的强大也没能凸显。还是用了手机，实在无能为力拍出每一间小屋每一盏灯光里的世界。有些遗憾。下山时公交车早已停运，步行三公里的路程，下到山底已经午夜11点多。其实内心有无法言喻的欢喜。明知相聚离开都有时候，没有什么会永垂不朽，但还是为多停留的这一程倍感欣慰。一切静默如谜，一切又都蕴意无穷。

一整天穿行在山谷，中午到达金川观音寺。在信徒们的心中，这里有与布达拉宫同样的重量。

预想的高反没有来，安全地从色达撤离。一整天在车上昏昏沉沉，以为是前晚看色达夜色，睡眠严重不足导致。嗓子也有隐隐的不适，但并未过分在意。

将近6点抵达丹巴，突然身上再也没有任何气力。这晚的住宿条件简陋，房间没有烧水的设备，我刻意拿个暖瓶放到房间里。事实证明，我的这个小小的举动真的至关重要。

已经无力洗漱，喝下两杯水，便匆匆睡下。冷，真是个不祥的信号，这是要发烧吗？我强撑着爬起来再喝两杯水。继续睡。9点多醒来，嗓子撕心裂肺地疼，好像被什么东西堵上，却咳不出。强打精神喝水。此刻，没有药，没有人能帮我，而我能做的只有大量地喝水。午夜3点又一次醒来，不适的感觉似乎在加剧。继续喝水，然而暖瓶空了。很绝望的感觉，开始后悔睡前没去买点药。但又告诉自己必须坚持。再度昏昏睡去。6点多醒来，看到微信里小粒儿转给我的文章《温哥华孩子想对妈妈说我爱你的十个瞬间》，泪如雨下。立刻像打了强心剂，赶紧起来找水喝。狂饮几杯，咳出几口带血丝的脓痰，舒适了好多。又躺1个小时，振奋地起床，原本以为我今天的行程要报废了，不承想这场突如其来的病竟出人意料地自愈了。

经过大量的喝水，经过 24 小时的充足睡眠，经过一晚上的辗转煎熬，我满血复活了！

好庆幸生活对我的厚待！虽然已经好几年不曾独自出门，但我还是和从前的从前一样，无畏无惧！

此刻，我已安然无恙。在 2200 米的海拔之处，放缓呼吸，开始静静欣赏云雾缭绕浓绿掩映中的甲居藏寨。

行走在山间薄雾之中。遇到变天，有雪加雨和冷的风，坠入一片茫茫。万山皆为宾客，妙处难以言说。这个过程，只有走过才知道。

一个小长假，飞逝如此。多年荡漾的色达梦想，终于丁酉年五月成行。

困住一个女人的，从来都不是年龄和身份。远方以有限和无限的地标，始终存在。喜欢未知和遥远的事物，跟随着心往前走，在心与心相通的地方，能量彼此传递，即便身隔迢遥。所以，请把我所做的当作对世界的一次微笑，以此一念的清净，分享给大家，愿我们探寻到心的源泉，重新发现自己。

如果恰好你们也想去一个地方，想了很久，就带着自己出发吧。正是这些勇敢的冲动和奋不顾身的热烈，才会让生活变得那么鲜活有力。也要相信，所有你想去的地方都有无数的惊喜埋藏。

每一段旅途，出发、跋涉、抵达、回归。或长或短的时间之后，我还是会以久别重逢的爱戴回到原处，再次沉溺琐琐碎碎的生活。保持秩序、专心，无限地爱它。

感谢豹哥，感谢唐朝夫妇。路途蜿蜒，我们背着各自的故事，偶然同行，一起度过甘苦与共的难忘四日。

感谢孩爸的支持，担当独自照顾姑娘的重任，纵容我完成梦想。

感谢朋友们的目光。

这只是一次靠近，而不是答案。

感谢你们一路的鼓励与陪伴。

高反心得

色达海拔 3893.9 米，色达喇荣五明佛学院海拔超过 4000 米，最高处 4200 米左右。所以，这次我是抱着决战高反的勇气，来探访色达的。也因为以下几方面的得力措施，才成就了我的色达之行。

第一，几年前生不如死的高反经历，让我几年如一日地对高反产生严重的恐惧。所以，面对可能到来的高反，思想上高度重视，完全把自己当作一个弱者，时刻提醒自己方方面面谨小慎微，不能自恃体力超群，而大意逞强。出行前三天口服红景天胶囊，每天服用一直到返回成都；第一天直抵色达，晚上略微头疼，立刻服下头疼药，在色达的两天，即使头疼症状并不明显，也坚持一日两次服用；攀爬五明佛学院，无论转经还是四处瞻仰，尽量放缓节奏，不急不躁，保持心平气和；另外，感冒常常是急性高原肺水肿的主要诱因（在缺氧状态下不易痊愈），为避免受凉引起感冒，坚持全程没有洗澡，消除隐患。

第二，饮食上早饭、午饭正常吃，午饭基本都是米饭、川菜，保证每天都有不同种类的蔬菜摄入。晚餐吃一些水果，补充维生素。个人认为，晚餐避免大吃大喝，为肠胃减负，也会减轻高原反应。全程都喝热水，随身携带葡萄糖粉，持续补充能量，抵制矿泉水等各种饮料。事实证明，丹巴那晚，是因为喝下海量的热水，才驱除掉嗓子的疼痛。

第三，充分的休息。到达色达的当晚，直接上床躺下，养精蓄锐。所以，第二天，虽然早晚两度登上五明佛学院，也几乎没有任何不适；丹巴那晚，也是依靠强悍的睡眠，赶走病症。

第四，保暖也属重中之重。高寒地区，早晚温差大，而高反更容易乘虚而入。虽然一个人出行，户外背包里几十斤的东西不能偷工减料。防寒棉服、冲锋裤、围巾、帽子、口罩等，几乎四个季节的衣物都要准备齐全，以防一天经历四季。做好头部的防护，对预防高反尤为重要，所以，一条厚实温暖的围巾必备！

　　总之，无论男女老幼、体强体弱，保持健康、乐观的心态至关重要，轻微的高原反应，会不治自愈，不要动辄吸氧，以免形成依赖。把对高反的深深恐惧变成无限敬畏，思想上高度重视，心理上乐观藐视，并能积极采取应对措施，必能乘兴而来，尽兴而归。

穿越风尘来看你——雨崩徒步

雨崩，位于云南梅里雪山东麓德钦县境内，四面群山簇拥，地理环境独特，人烟稀少，全村只有 20 几户人家，自古只有一条人马驿道通向外界，是梅里雪山上海拔最高的一个藏族村落，素有"世外桃源"之称。徒步雨崩，可以观看梅里雪山的壮丽，一睹卡瓦格博的芳容，也能前往神瀑冰湖洗涤心灵，仿佛一场不容错过的修行。雨崩徒步，被称为一场"身在地狱，心在天堂"的旅行。

奥德莱尔说过：趁我们头脑发热，我们要不顾一切跳进深渊的深处，管他天堂和地狱。

所以，我们带着远走的野心，把本来的生活短暂遗忘，千里迢迢赶来，赴一场与雨崩的私会。

重遇丽江

2019 年 10 月 1 日，恰逢祖国七十年大庆，机场的安检谨慎严格，纵然我和孩爸已经提前了将近六个小时出发，时间上还是感觉捉襟见肘地匆忙。抵达丽江古城已经晚上将近 12 点，热心的客栈老板在路口等候我们，短短的几十米路走出曲折。夜色中闪闪发亮的丽江古城，在黝黑的山峦衬托下显示出完整表达。之前来过两次，第一次兴奋，第二次略嫌吵嚷，这一次只是经过。

安心地在枕上睡一个饱足的觉，苏醒过来不到 6:00，6:30 出门，赶往集合地点。今天的行程是从丽江出发，途经香格里拉到达飞来寺。

天微亮，古城还在休眠，星罗棋布的客栈门口，五星红旗高高飞扬，成为节日里最好的装点。无人的街巷，我们在凹凸起伏的青石板路走出欢快。

吃完早餐，联系到郎加师傅，装好行李，附近溜达，等待其他六位同行的伙伴。7:30，启程。

八个人，双双结伴。最晚到达的 90 后女生千代，一上车便开始与广东的两位帅哥滔滔不绝，枯燥的路途因为他们的交流而生动起来。

攀谈得知，来自重庆的千代，旅游达人，25 岁的小小年纪，俨然已是资深老驴，体能过人，有过数次跑马、攀爬雪山的耀眼经历，引人侧目。她的即将走入婚姻的男友，寡言俊朗，全程几乎无话，眼神交流居多，但能感觉到他的内心似海。广东的曹子和有爱有故事，铁杆的交情源于初中时一次八个同学的长途骑行，30 年过去，他们的友情历久弥新。曹子为人宽厚，为顾全家庭的责任与担当，屡屡收敛户外撒野的天性，绿茵场上形态矫健身手不凡，却也因此埋下腿疾的阴影，但对生活的热爱始终如一。有爱有故事，幽默风趣，才子一枚，正在制作微电影的行业奋力拼搏。（一定是与他的职业有关，他此次的许多人物摄影绝对堪称佳作，祝愿他的"有爱有故事"微电影品牌早日成为行业翘楚。）昆明的朱朱妹妹，冷艳，抽烟的姿态很销魂，个性鲜明，麻将桌上的技艺异常高强，据说已经戒麻一个月。为了假期能够远离麻局，特意选择这个偏僻的线路虐一下。同行的帅哥，身份不明，三十有一，灵魂有趣，喜欢玩耍的天性从未泯灭，沿路自学手机摄影，渐入佳境。

车行山间。这片土地的广阔、雄浑、神性、纯净，如画卷缓慢铺开，令人心生向往。穿过奔子栏，走进金沙江大峡谷。浑黄的金沙江在山体间奔腾盘旋，白云映衬蓝天，这是一幅既刚毅又灵动的藏地画卷。种种美，似乎无法穷尽。这是大自然的力量，而我们穿梭其间，敬畏、满足、欣喜、臣服。

仰望梅里

下午5点钟左右到达飞来寺，这个海拔3400米的地方将是我们第二天的栖息之地。放下行李，套上保暖的衣服，我们便迫不及待地前往观景台一睹梅里雪山的真容。

云雾似白练散落在空中，似乎想要独享雪山的美丽，却挡不住它们气宇轩昂的姿态。经幡与白塔交相辉映，在寒风的鼓舞下猎猎诉说着藏区独有的庄严。

在我们热情的等待中，雪山的云雾渐渐散去，神女峰、五指峰、将军峰等逐个呈现。也许知道就此告别之后，千山万水不知何时再会，雪山决定与我们相见。最高峰卡瓦格博也神采奕奕地出来，神光闪动，遥遥相望。在一片惊呼声中，我们镇定下来，用手机记录下这壮美的景色。

此时安宁，彼此之间也不需要说什么多余的话，周围的一切显得寂静而远古。也许，任何事物之间都需要有因缘，人与人之间，人与天地之间，哪怕是短短交汇的一刻。若能相见，便是完成。感谢，这份好运。

暮色升上来，遮挡所有视野，只能恋恋不舍地离开。气温寒凉，钻进约好的饭店围着火炉取暖。土鸡火锅来助兴，吃出风生水起的味道。茶足饭饱，顶着凛冽室外消食，端详一翻夜空，天幕闪烁稀薄星辰，与渴慕的繁星满天相比顿显逊色，再无可恋，回房休息。这一夜必须好眠，积攒能量预备明天的徒步。隔日便可抵达雨崩。

打听到次日早晨的日出大概是在 7:15，虽然是否能够看到日照金山的盛况依旧凭靠运气，我们还是要准时赴约。清晨微光迟迟不能突破沉沉雾霭，云雾无尽缭绕，始终看不见雪峰的简洁线条，注定会是一场擦肩而过的遗憾。但是，想到昨天已经奢侈地看遍雪峰全景，耽美的袅袅仙境，我们已经幸运地品尝到，满满的自得在心中悠长涤荡。

走进雨崩

今天要从飞来寺出发经西当村到达雨崩上村。

8:15 整装出发，一个小时之后才能吃到早餐，订在西当村郎加师傅的家中。吃到最正宗的青稞饼，喝到最美味的酥油茶，还有个头矮小的苹果来补充维生素，这顿迟到的早餐令我们尽兴。

西当是徒步雨崩的起点，其间大约有 18 公里的山路，从前只能借助骡子驮人或者行李进入，这两年居然可以乘坐越野车入内。为了躲避高反的折磨，我和孩爸出发前十天就已经服用了红景天，旅途的每一天灌饱葡萄糖水，而且非常注重防风保暖，一天之内增减衣物不厌其烦。所有的目的，都是要打败高反。所以，出发之前我就已经定下西当坐车到垭口的行程。人到中年，不要逞强，避免上半程的爬坡，保存充足的体力，坚决抵御高反的侵袭，确保雨崩几日高海拔徒步的良好状态。

山路颠簸异常，在藏族司机播放的狂放的音乐声中，我们更觉路途的狂野。期待一场邂逅，可能是一段从未走过的路途，也可能是一个陌生的故事，或者只是和今天的平静相处，都很愉悦。

从垭口开始一路下坡，我们走得慢条斯理，似乎并没有高反的症状来袭，暗中表扬一下自己，但依然不敢大摇大摆地放松警惕。

大山收集起一切喧嚣，隐匿的雨崩就此呈现。一个小小的藏族村落，四面群山簇拥，高耸的雪山下，洋洋洒洒地分布着不多的农田人家，如此粉黛不施，与世隔绝，遗世独立，和平安详。

入住遇见梅里客栈。透过大大的落地窗子，无尽的山林涌进视野，雪山微微露出峰尖，这如同世界尽头般的冷酷仙境，让我们获得净化与休憩。

晚上预订了热气腾腾的牦牛肉火锅，共同庆祝其他五位小伙伴全程徒步的凯旋。

祝我们每一个人：爱你所爱，行你所行，听从你心，无问西东。

秘境雨崩冰湖

今天要从雨崩上村途经笑农大本营探望冰湖。

5点多醒来，冷得只想赖在床上。将近7点，看到早起的曹子在微信群里发出对面雪山的剪影，赶忙洗漱冲出去。透过二楼的餐厅窗户，就可以看到雪山全貌，仍觉不够过瘾，索性一个人往白塔方向走去。遥远天际矗立的高耸雪山，清冷无边，那锯齿般的峰峦渐次呈现鲜明轮廓，斜面折射出光芒，产生有生命力的变化。雪山下小小的村落，静谧安然。

8:30出发去往冰湖。路上不时见到各种菌子，松鼠偶尔会在树林中穿梭，大小的玛尼堆随处可见。沿着村落的上方徒步半小时，进入古老的原始森林。粗大的树木盘根错节，山间的水流无孔不入地冒出来，湿滑得无从落脚，只能小心翼翼地在泥浆地里攀爬，走起来倍感辛辣。自恃体力过人的我，也有了些力不从心。

利用假期徒步的人流声势浩荡，缤纷整个树林。我提醒孩爸，必须加快一下速度，走到队伍的前列。否则，被前面的人死死压住步伐，走不出自己的节奏一定会更累。喘着粗气，掠过人流，我们终于渐渐走到前方。几乎是心一横，迈出每一步。不承想，这一脱缰，心中的野马愈加狂野，路途的艰辛不管不顾。

很快抵达笑农垭口。生长千年的古树无比粗壮，树皮脱落干枯的角质，那些倒地的古老树木，有些被雷电击倒，有些老朽而亡，树枝长满青苔，零星野花绽放。长驱直入进入笑农牧场，它的雏形是日本登山队的大本营，如今炊烟袅袅，一派生机，是兴盛的补给之地。在长长的草地，我们迈出拉风的步子。

一鼓作气，11:50 就奔至海拔 3900 米的冰湖。雪峰直指蓝天，碧水深切峡谷，美得仿若天堂之境。雪山上的融水化为股股细流，从百余米的岩壁上倾泻而下，汇入到冰湖之中。湖边满是大大小小的玛尼堆，象征着永生不灭的信仰和能量。谷地中一面静寂的蓝色湖泊，纹丝不动，倒映着天光山影。这高山上的湖泊，好像地球上的一滴眼泪。整个山谷清朗肃穆，万物寡言，光线流动，蕴藏着宁静而深不可测的力量。

神秘冰湖，与世隔绝，如同仙境。跋山涉水，不远万里，我们终于获得相会。放肆地环湖一周，在瀑布下饮下一口甘甜，与几米厚的冰层亲近玩耍，一个小时倏忽而过。下午 1:30 返程，下山的路途倍感轻松，下午 4:00 就已经返回客栈。找到一家藏药泡脚的小店，犒劳一下自己。

想想这一生遇到的困难和挑战，也许最大的挑战就是战胜自己。今天，为自己干杯。

徒步是一种毒，解药便是那泥泞中的山野，雪山下的草原，绝壁上的瀑布，云海中的峡谷。谢谢跟随我的步伐一起战胜冰湖，绝世的美景我们一起品尝。

爱一个人，就带 TA 来雨崩吧，在行走中相互扶持，牵着手饱览人间仙境，然后厮守一生。

沐浴雨崩圣瀑

今天要从雨崩上村到雨崩下村再去往神瀑。

也许是徒步冰湖过于兴奋，夜里居然严重失眠。整个晚上入睡时间不足四个小时，却还念念不忘昨天失之交臂的日照金山盛况，早早起床执着地守在窗前观望。在黎明的曙色中等待了许久，虽然只捕捉到浅浅的一角金黄，也甚觉欣慰。

7:30，背上所有行李出发，今天我们要辗转到下雨崩的梅里假日客栈。经过早餐、入住的耽搁，出发神瀑的时间拖延到了将近10点。比起上雨崩的略显局促，下雨崩的视野豁然开朗。一片不起眼的水池，因为雪山的倒影而亮丽清秀。偶遇色达五明佛学院的学生登孜，利用放假时间拜访雨崩，性格开朗，给他拍照，来者不拒。

去往神瀑的路途，起初平铺直叙，让人掉以轻心。不到半个小时，我们就开始接受身心的考验。烂泥路上微弱的缓坡，都让我觉得每一口呼吸被贯穿。闷着头，只管向前。走出阴暗的树林，又踏上无尽的碎石山路。离开林木的庇护，阳光无遮无拦地四处泼洒，火辣辣地难以招架。带着试探的雄心，还是将整条线路走个透彻。

沿路层层叠叠的玛尼堆、迎风招展的风马旗如影随形。那叠起的每一块石头都寄托着人们的情感、理想和追求；那从高处流泻下来的风马旗，随风翻飞，宛如不慎跌落人间的彩虹，向上苍诉说自己心中美好的愿景。

最后的一段攀爬，山势陡峻，灌木丛中的羊肠小道路迹不明，需要手脚并用。这样的路途，不能令人信任。无法想象，有雨的天气如何能够安全地途经于此，去与神瀑相会。庆幸，向上的勇气和力量加持着我们走完眼前的这段道路。

磅礴的流水声越来越大，神瀑豁然眼前。高高的雪峰之上，一条条水瀑奔流直下，连缀成一匹珠帘，飞花碎玉般溅起漫天水雾。我们欣然接受这扑面而来的洗礼。

去神瀑朝拜的人大都会在神瀑下方转三圈以接受神瀑洗礼，让神瀑洗去自己的疾病恶念，洗去艰难困苦，净化身心灵魂。而更多的人，也许只是去感受展现在眼前的纯粹和神圣。

我们穿上冲锋衣裤，缓缓地走进神瀑里。圣水软绵绵地打在脸上，那一刻，大脑竟然一片空白。亲人和路人都是众生，祝你我所求皆如愿，所行化坦途，多喜乐，长安宁。但愿我不善言辞的祝福能够被每一只耳朵听见。

神瀑下与登孜再次相遇。留下电话，方便添加微信发送照片。光顾他的朋友圈，一片清流。发圈的频率并不高，但应该都是提炼而成。虽然我对藏文一无所知，但偶有汉文的注解，照片和文字都很赞。

殊途同归需要各自的努力。

在我们看不到的地方，太多的人过着我们想象不到的生活。

果然。

下山，经过白玛珠普寺庙。不明就里，没有走那条孔洞加独木梯的转经路。但如愿拍到了一直仰慕的酥油灯火，暗自喜悦。

是夜，雨崩下村。一间客栈，几杯薄酒，一个释放的夜晚，纪念八个人的万水千山。

穿行尼农大峡谷

今天返程，要从雨崩下村出发，经过尼农大峡谷抵达香格里拉。

雪山拔地而起，洁白的山峰线条优美俊朗，像一把锋利的尖锥直刺蓝天。碧绿的水色在清晨天空的映射下发着幽幽的光芒，仿佛跌落人间的深色翡翠。煨桑的烟雾袅袅缭绕，蔓延整个山间谷地。这里有你想象中的一切，也有你想象之外的一切。而所有这一切，都无法拥有，只能经历。

来到雨崩，揣着尘世的心，离开的时候，带走的只有纯净、自由的自己，这样的收获来之不易。

告别雨崩。同行的大家停留在世间的边缘，与之惜别。最后一次回头看它，祝它终生美丽。

整整一个上午小心翼翼地在尼农大峡谷中穿行。雨崩河水喧哗一路，轰鸣声响不绝于耳。森林古树参天，枝叶扶苏。千仞峭壁，万丈深渊，时时提醒我们不敢掉以轻心。随着水量越来越大，水流越来越湍急，峡谷也越来越开阔，直至变成深沟巨壑。碎石山路，崎岖坎坷，耗尽我们的体力。7:30出发，中午12点到达尼农村口，看到熙熙攘攘的人群，好似返回人间。

乘车抵达香格里拉，打卡独克宗古城里世界上最大的转经筒。

恰逢朱朱妹妹生日。晚上10:15，姗姗来迟的生日晚宴正式开始。祝福妹妹幸福快乐，永远18！今晚胜似节日，没有性别，没有身份，没有未来，没有过往，大家都想喝得肝胆相照。

在遨游世界的路途，我们八个人短暂相逢。大家醉心于城市之外的另一种生活，在这里收获到了雪山、森林、薄雾、日光、河流、湖泊，以及并不复杂的人际关系。同是天涯浪迹人，我们被同一片风景吸引，共振过同一种刻骨铭心，不分彼此。天时地利人和，完美无缺。

重返俗世烟火

今天要从香格里拉返回丽江。

这场挑战身心极限的远足宣告结束。在经历了雨崩下村又一个晚上的失眠之后，我终于睡足一个饱觉。没有任何催促。我们可以慢半拍，静半刻，放缓节奏享受香格里拉的清晨。

再度启程，秋天在路途的旷野里燃烧。郎加师傅推荐的白水台走一遭，不一样的味道。在哈巴雪山下的村子吃午饭，同行的几个人兴致勃勃地咨询关于攀登哈巴雪山的种种，大有想要填补空白的气势。太深远的路线还需要积攒锻炼，但也许，我是说也许，不久的某一天，我们会回来，一起探索这个新的凡间角落。

旅行，实在是件很微妙的事情，大家凭借眼缘或者其他什么理由短暂结伴，语言混杂，大部分时间靠着信任通行，但此时此刻，千里游行于此的我们，已经幸运地纳入这一场盛大的相遇与交汇。

经过拉市海，看一眼它的暮色，便将抵达丽江古城。重新卷进繁华，置身于便利热闹的古城之中，周围有了一切喧嚣的俗世声响。整整一个上午，我们只愿在客栈里静静沉溺。

是的，艰难的雨崩之行，没有做好足够的体力和心理准备，绝不可能草率入内。终于以一场艰苦卓绝完成对雨崩的探视，纵然是永远不属于自己的一亩三分地，但这份只能奋勇向前，没有回逆之机的极限挑战，让我们又一次欣喜镇定。来到与世隔绝的地方，上天的杰作频频展现，我们最终还是一一识别了它们。回归圆满。得安然，得喜悦。

想起仓央嘉措的一首诗：这佛光闪闪的高原 / 三步两步便是天堂 / 却仍有那么多人 / 因心事过重 / 而走不动

所以，日复一日的梦想，与其驻足，慨叹咫尺天涯，倒不如就这样在路上，笑看天涯亦咫尺。

毕竟，时光那么好。

幸会武功山

武功山，在地理杂志里看到关于它的报道，是很多年前。排山倒海的万顷草甸，喧哗成无边无垠的绿色，隔绝出一条长路蜿蜒到远方，随山势起伏着风韵的姿态。奔跑如海潮的云朵，匍匐在脚下，无穷地涌动，未加修饰却怒放着触目惊心的壮丽，仿佛是来自天上的路途。美若深渊，不可测度。心中荡起波澜，植下种子。

路途迢迢，需要负重前往。不经历艰辛的路途，如何能抵达美好的地方。所以想，无论何时无论怎样也要不遗余力地走一下。

直至今年，才定下行走武功山的计划。经过清明的小周折，更为念念不忘。

爱人悉心惦记着我的不能释怀，而且猝不及防地送了惊喜。然后，我们启动脚步——出发。

第一天

2015年5月21日，一整天消耗在车上。

到达我们投奔的第一站，已经晚上7点。

黄昏薄薄地落着。完全看不见互相拥抱的楼宇，唯有苍翠的远山、碧绿的田地，落落大方，眉清目秀。狗吠、虫吟、溪涧的水鸣，各有各的地盘，泾渭分明，一种世外桃源的心旷神怡油然而生。

夜色逐渐涌起。也许更多的人还在都市丛林披荆斩棘，而我们却已经陶醉在晚炊中再也听不到俗世的声响。

临睡前扫描武功山地图，用手指轻轻掠过那些地名，熟悉而又陌生。明天我们将从这里起始，用双脚丈量图中的每一个地方。

第二天

睡眠酣畅。

凌晨5点多就被透进窗子的一缕阳光惊醒。

恍惚的晴空，蓝中泛出清澈。云团成群结队，却不约而同地只在同一个方位聚集，仿佛晨会。

不敢高估我们的体力，两份蛋炒饭后争分夺秒地出发。仰慕武功山的驴子真不在少数，五颜六色的背包像花朵一样缤纷在山谷，络绎不绝。

一段又一段破碎的石子路。但有水声清扬，顾不上枯燥。春光浩荡，绿色的草地铺张得令人心惊，间或丛簇的野花拖缓了脚步正准备盛放。早起的水牛性情大胆，镇定地目送着经过的我们。

偶然回望，雾气蒸腾，原本清晰的路途悄然隐匿，好似从仙境而来。步入树林，林木繁盛茂密。阳光饱满，雨水充沛，大自然如此不间断地给予，从未使它们枯竭。在这里，似乎可以听到树木长大的声音。晨曦照射在树上，半明半暗，生机蓬勃。古老的苍柏，一棵一棵寂然挺立，晨风掀动松柏的脂香似有若无。

缠绵的小道，蜿蜒曲折。为了减少行李，除了必需的装备，可有可无的东西我们已经果断放弃。可是，真正走起路来，还是感觉肩头深沉。

步履匆匆，不曾懈怠。转过一个弯，云雾迷蒙，笼罩树林。高大的树木枝丫横斜，低矮的灌木牵绊裤脚，厚重的苔藓丛生在青黑的山石上，大片葱翠中扑朔出迷离，行走其间，宛若童话世界，一种美的逼迫震撼我们。

持续穿越屏障，通过长满树木的崎岖山路，一片开阔的视野舒展在眼前。短暂停留，补给午餐。就在这里，喷薄而出的阳光不动声色地灼伤了我们。接下来的两天，以至现在，我们的胳膊还遭受着被严重晒伤的折磨。

继续攀升，耳边有风浩荡吹拂，奋力登上九龙山顶。绿色山峦铺满山脊，面目相似，不分伯仲，起伏有致。曲折小径通往一层叠一层的群山峻岭。沉醉在这片广袤无垠的绿意中，缓缓前行。

一片惊呼中，邂逅云海。天空裸露一角靛蓝，更大的舞台交给云层施展。大片流云蜂拥而来，如浪潮翻卷。最为美妙的是，繁盛的云团似乎是在我们脚下奔涌，而我们仿佛轻而易举步入云端。

无法预测，却蓦然撞见的这番盛况，就是我梦寐以求的草甸、云海。徜徉其中，美不胜收。

不到一刻钟的工夫，四面八方的雾气飞驰而来，仿佛一场徐徐的谢幕，所有的美景尽被湮没。而更令我们始料不及的是，此后的两天中，雾锁武功山，我们再也无缘与这样的美景相遇。的确，很多时候，我们都以为来日方长，随意地打发着光阴，而事实上，那么多值得珍重珍惜的人和事，转瞬即逝！

怀着对未知路途的渴望，我们行走在云雾萦绕的山脊，不知不觉抵达金顶。因为可以乘坐缆车到达，人群喧嚣，处处流露刻意雕琢的痕迹。无心流连，快步撤离，前往白云客栈。

重新步入坎坷，没完没了地走。云层厚重，空气中有了清凉的味道。小雨，接踵而至。云雾愈加弥漫，机械地转过一弯又一弯，终于抵达今晚的目的地。

房间气味不洁，低矮小床由木板拼接，厕所在很远的荒郊处，绝无可能洗澡。老板正在奋力抢修发电的设备。

然而，这个暂时的栖息地还是给了我们巨大的安慰。因为可以坐下来安心地休息，可以躲避即将滂沱而至的雨，可以有一顿冒出热气的晚餐，还可以让我们温情地回顾疲惫、匆忙又美好的这一天。

第三天

雾锁武功山。

没有电，摸索中度过整夜的黑暗。

旺盛持续的雨声。天色在久敛不散的漫漫晨雾中继续迷茫，几米之外分不清彼此。

一些驴友已经整理背包决定直接下山。我们要走发云界，毫不犹豫。即便，雨雾中我们会一无所获。

没有水，更无从贪图热水，我们索性空着胃出发。

笼罩在雨雾中的陡峭山崖，似乎伸手就可触及，却又仿佛高不可攀。悬崖小路的沿途，雨水烂泥混杂，滑溜难行。

持续地上坡下坡，坡面极为陡峻。盘旋而上，累，但还能把握重心，几近垂直而下，只能小心翼翼地趔趄着才能安稳。但凡有一丝一毫的疏忽，毋庸置疑地就是摔上一跤又一跤。

所以，开始时，你还会刻意躲避烂泥水洼，但没过多久，你就只能选择顺从地踏过它，哪怕鞋子有多么的泥泞，多么的潮湿，只要能保证不再摔跤就已经谢天谢地。如此路途，的确需要付出极大的意志。

雾气蒸腾，前后尾随，只能看到小路两侧近在咫尺的绿草向山底汹涌蔓延，看不到远方连接成串草甸的逶迤壮观。不由得心生感慨：如果天气晴好，这里该是怎样的风景如画！

始终裹着雨衣走路。外面是雨水，里面是汗水。头发被雨水淋湿，紧紧贴在额头，失去性别。费力地爬过绝望坡、好汉坡，跌跌撞撞中到达发云界。然而，真正艰难的路途才刚刚开始。

三条岔路。潦倒的路牌显示银链瀑布——龙山村的字样，龙山村是我们今天下山的终点。片刻犹疑，遵从意愿做出选择。如果之前的路途还能看到来往的驴友，那么从此刻开始，就只是我们两个人的探险之旅。

云雾缭绕，依旧不肯轻易露出真面目。雨声彻耳不绝。齐腰深的草丛密密麻麻，烂泥沼泽路延伸向不知道尽头的远处。偶然几棵古老松树姿态高昂，路标似的从雾气中脱颖而出。山林溪泉，汩汩冲刷过草丛和岩石，艰险小径穿行其中。

溪水奔涌汇聚，水深处没有石头垫底，只能小心涉水而过。如此充满幻觉，穿越一座山头连接着又一座山头。

水声雄壮。幽深山谷的瀑布群矗立眼前，如同悬挂在绿色山峦中一道道白色绸带，秀丽静止。与它们遥遥相望，超脱所有的悲喜得失。下一段路途，注定要与这条瀑布如影随形。

在树木之间曲折迂回，树叶间隙坠落密集雨点。被终年潮湿浸染的森林，雾气茫茫蔓延蒸腾，每一根树枝裹满青黄色地衣苔藓，死气沉沉，浓密枝叶错落交织，幽暗成洞穴，仿佛与世隔绝。地上是常年被雨水浸泡的腐烂植物，双脚完全陷入烂泥之中，一脚深一脚浅，缓慢前行。没有路迹可循时，地形变得更为孤绝，只能辗转搜出蛛丝马迹，试探着前进。天罗地网，步步为营，重重包裹，感受难以言说的震慑。

路途重复单调地延长，不变的绕圈，不变的烂泥沼泽。在不断的相互提醒中，我们还是经常地交错滑跌。的确，必须清除所有多余的意识，保持内心的寂静和全神贯注，因为哪怕一点点的畏惧和犹豫，都可能使身体失去平衡和控制。如此贸然地闯入原始森林的心脏，我们只能与它的威严作虚弱的较量。

脚趾被浸泡得膨胀。瀑布的轰响，仍在远处。开始观望四周，希望能够出现一些房屋人烟的踪影，即使是在迢迢远处。

终于步入谷底。成片的竹林，正进入壮年，高大碧绿，焕发生机。石头小路干净醒目，预示着我们目的地的出现。终于走出与世隔绝的山谷，返回人间，所有的危险和困境，已经消失。

浑身裹满泥浆的我们，彼此交付，相互鼓励，心甘情愿颠沛于壮丽的路途，此刻终于安全着陆。

脑子里不断浮现一去不复返的森林路途，那些漫长得几乎无法到底的路途，从早到晚，从始至终，远离人群，相依为命，行走在苍茫天地间，穿行、迷失、突围，恍然觉得是一次逃生。

我们百感交集。

第四天

在山路上风雨交加地跋涉 11 个小时之后，龙山村口一间小小的蜗居也成了天堂所在。我们终于可以放下所有重负，坦荡地休息。

面容黝黑，风尘仆仆，泥浆沾满鞋裤，干净的屋舍映衬出我们的窘迫。

我们会心一笑。

没有人会明白，刚刚完结的旅途，我们获得的是最为深沉和彻底的依恋——执手天涯，甘苦与共，以爱作为注解。

我们为自己的勇敢、力量和尊严所折服！

后 记

被生活困在原地，也许想想就会咬牙切齿。你几乎无法再容忍平静得可以看到尽头的生活。的确，人生路上，总有太多的事情，让我们情非得已地分了心，最后让原本可及的梦想败给了岔路。那些执着的怀念，终于走失在时间的旋涡里。

生命是一份礼物，每天都是唯一。

让我们清理满腹心事，款款卸掉灵魂里沉重的包袱，珍惜相聚的每一个当下。

山水长阔，就此别过。

下一个路口，我们再会！

问道终南山

松风九月，步履未停。

适逢小长假，去往终南山。虽然网上几乎找不到可供参考的完整线路，但探访的心意确凿，任凭前路一派模糊，还是干脆利落地出发。

为了避开连霍高速熙熙攘攘的车流，我们选择了绕道而行。哪里料到，这路绕得太过铺张，居然多走了200公里。不过，我们一路上车开得轻松，遇山见水，也算逍遥。跟随导航至陕西蓝田大峪，已经非常临近目的地，但还是品尝了寻觅的挫折，摸索着前行，直至确定了大峪水库的前途，定下西翠花村的确定方位，终于如愿抵达。经过这一番茫然，如果再去，线路安妥，路途亦不迢遥，绝对能够做到心中有数、十拿九稳。所以，这条道寻出成就感。问道终南山，这属其一。

驶进郊野，山岚扑面，碧草含香。连绵不断的绿色植物蜂拥而来，两侧树林繁盛得茂密。一条大河谷底蜿蜒，声势浩荡，淙淙水音不绝于耳。不时有几缕余晖映照山间，洒下金色的光影，瞬间又逝去。四处晕染光阴的香气。

索性驱车直至大路的尽头。再往前方，只有依稀可辨的羊肠小径。按捺不住远处的诱惑，套上厚的衣衫，投奔进去。

空气清澈，散发沁人气息，周遭水声放肆喧哗，但心却无比安静。路的拐角烟雾升腾，穿过简陋石桥，探究一二。大片开阔空地突兀呈现，三两大人围着一团火谈笑风生，两个孩童雀跃奔跑。

再往前，一对情侣已经支好帐篷安营扎寨，旁边的地席上挤满做饭的全套家什，油盐酱醋锅碗瓢盆，仿佛应有尽有。用砖头堆砌的灶火如何搭建不得而知，只看到火焰旺盛猛烈，是以树枝为燃料。女孩侧影清纯，正在卖力烹饪一锅美味，男孩小心翼翼把刚刚切好的西红柿放进锅中，貌似一锅紫菜番茄蛋花汤。我诧异他们没有车，怎么能大老远带来如此齐全的做饭装备。女孩回答有人帮忙送上来，然后继续埋头。

几块巨大山石挡住前方，试探着往前，密林通往大山的深处。男孩大声提醒我前方已经没有路，大概是想让我们赶快离开此地，不要打扰他们清静。

我们知趣地折返。不承想，遇到两个更有料的中年男人。一个年纪稍长，只携带一个干瘪的背包，正在勘察地形，要找两棵间距适中的树，因为他要在吊床上过夜。仅凭一个睡袋，还要彻夜倾听水声的喧嚣，也算是牛人一个。另一位，40多岁的样子，家当是一个鼓鼓囊囊的巨型背包，告诉我们今天刚刚与这位大哥相识，因为言语投机而结伴。他有帐篷可以住宿，每天一顿早餐，晚上仅仅依靠一颗保健药片补充整天的营养。结束了大理的云游，慕名至此。

在第二天的下山途中，从一闪而过的车窗里，目睹了他俩徒步下山的矫健。我们从此擦肩而过。

虽然已经临近下午6点，我们并不着急找寻当晚的住处，因为沿路的农家乐比比皆是，现在又过了暑期旺季，食宿都不是问题。凭感觉住下，房费每间100元。鳟鱼是当地的特产，当然必须品尝，外加一只土鸡，两杯薄酒，但这顿晚餐的真正兴致，却并不仅此，而是有缘人滔滔言语的助阵。按照他的说法，我们都是有缘人。

我称其为有缘人甲。来自山东东营，年方46，信佛。几年前疾病缠身，两年前开始辟谷，直至现在每日只食一个苹果一个梨。体重从180多斤，骤降到103斤。辞了油田工作，卖掉房产，自驾一国产越野来到大峪。据他介绍，终南山的气场属于世界金字塔的顶端，他准备在此长期居住，立下不修成正果誓不下山的雄心，而他自称距离正果只有一步之遥。我们吃饭的时候，他一边嗑着瓜子，一边意气风发地给我们讲述他的履历及现状。并且一直迫切地推荐自己的微信，让我们添加，以便感受他的世界。而我们只能遗憾地感慨，他的境界我们无法企及，红尘里的美食，俗世里的亲情，都让我们更为愉悦、珍重与珍惜。

手机失去信号，晚上9点多我们就已经安然睡下。夜露静静凝结，外面的风声、水声略显轰鸣，我们还是一鼓作气地睡到天亮。

清晨。河边泛起淡淡秋雾，刚爬上山的太阳，晕染着河岸的树林，山山水水在晨雾的烘托中更显静美。悬浮在阳光中的微尘，自由自在。那一刻，我们忘却了来这里的初衷，好像只是信步走一走。

因为整治私搭乱建，后山上的大小屋棚都已经拆除。原来隐居在山林中的人，都不得不另寻他处，现在大都集中在莲花洞。我们的住处，距离去往莲花洞的山上，只有几分钟的路程。8:30是早餐时间；9点出发探访莲花洞。

群山层层叠叠，碎石铺就的山路隐没其间。宽阔树林交相掩映，将炽热遮挡在外，爬山路途顿感阴凉。一路攀升，走走停停。

前方飞檐翘角在树丛中忽隐忽现，到达的是南佛寺。这里应该香火旺盛，依山而建的寺庙，虽然处处彰显人工雕琢的痕迹，但还是让人感觉莫名的清幽。

再走远一些看它，葱郁的树木，裸露的山岩，高低交错的青灰色房舍，完全是一种恰到好处的存在。

一座简易搭砌的石头小屋，醒目地挺立在半山腰。看不到人影，只传来隐约的狗吠。所以，确信也一定有人在此隐居。

继续前行，另外一番世外桃源的赏心悦目。厚重的木门，落着锁，仿佛将缤纷尘嚣阻挡在了时间之外。

目的地还在未知的前方，我们唯有继续。转弯的林子里传来窸窣声响，眼神寻觅过去，一个身着红色禅服的妇人正在弯腰捡拾什么。看到我们驻足，告诉我们是在捡山核桃，也邀请我们加入捡拾的队伍。再往上看，一个道士模样的人正悬挂在一棵核桃树上，随着他的奋力摇晃，树上的核桃争先恐后地掉落下来。仔细端详，这位留着灰白山羊胡子的道士，颇有仙风道骨的风范。询问他的年纪，已经将近60。如此高龄，还能在相邻的两棵几米高的树上自如攀爬，身轻如燕，动作敏捷，让我们顿生望尘莫及的钦羡。回程途中，看到他们满载而归。和善地和我们打招呼，告诉我们除了山核桃，另外还采摘了一些蒲公英。也许，他们是在用自己的方式庆祝中秋吧。

重新走上碎石山路，缓缓跋涉。传来袅袅梵音，几间房舍豁然眼前。主人出来，热络地张罗我们喝水。仔细观察，主人是利用太阳能取电，在院子里播放佛教音乐。专门一间屋子是给过路人歇脚，里面暖瓶、水杯、板凳齐全。我大着胆子要求看看他的卧室，虽然简陋但非常整齐有序，厨房也干净整洁。我们在院落中的石桌前围坐，聊天对谈。

我称他为有缘人乙。台州人，未婚，年方30有加，一个突然的决定，来到终南山。举目无亲的地方，一无所知的文化，还有不得不服的水土，一住就是四年。至此，他找到了与世界合适的距离，没有很近，也没有很远。一直在这里修行，过一段时间会去寺庙学习，达到要求之后便能剃度。自己的行为得到父母的理解，每年会电话报一两次平安。为人平静谦和，措辞十分主流。他说：过去已经过去，将来还是未知，唯有过好当下。我无比认同。

心安茅屋稳，性定菜根香。

如此看来，我们认为最狂野的梦想，竟然是如此的平寂，而且无须解释。

告别。再度前行，汗水不断，心里却觉得安宁。我体会到信仰的力量，哪怕只是一点点。

到达莲花寺，僧侣师徒在此居住。经过他们时，他们正在锯木头，是为冬天取暖做着充足的储备。带着犹豫与试探，与他们唐突搭话。师父始终旁若无人，一言不发。徒弟带着一点点高冷，但有愿意与人交流的健谈。

我称他为有缘人丙。46岁，但面相年少。坦言两年前来到这里是因为性情极端，运气好遇到师父的收留。清修，耕种，劳作，学习，直至完全沉浸，对红尘再无贪恋，此后从未与家人联系。我们说：条件这么艰苦，你们真是不容易。他说：尘世里的环境那么恶劣，你们还能待下去，才是真的不易！这样的对白实在令我刮目，但我更欣赏他的这份松弛。

不是生而有之，而是一种领悟，一份选择。是的，生命的清晰，不是突然间的恍然大悟，而是一步一步认真坚实地走。灵魂在此栖息，江湖就变得很远，还有什么能让他感觉潦倒？

莲花洞就在前方，又一把大锁隔绝了我们。接待我们的，唯有一只猫。

山峦起伏，以高不可攀的姿态，骄傲地寂寞着。甚至阳光下，这里的每一朵花都不是曲意逢迎的。攀爬至此，我们反而多出一点点清心寡欲的气质。山中一无所有，却能给予他们丰盛的安慰。而从前深深感觉曲高和寡的这些，它们原本美好的样子，我们有幸一一品尝到。

我们猜想莲花洞的主人，可能是上山时遇到的两位奔跑着下山的少年，衣着朴素，背着破烂的双肩包，目不斜视地从我们身边呼啸而过。

又经过一个院子，上面"止语"的标识，告诉我们主人不愿被外人打扰。

再往上走，一座更大的院落。凭感觉这是老洞的所在，依然一把大锁，也许这里就是偶遇的道士居所。不甘心，一个人迅速攀爬到更高处，希望有人迹出现。道路不明，需要手脚并用，但看到红色标记和废弃的食品袋，证明并不荒芜。但遥望远处，茫然不知所终，只好忍痛割爱般地放弃探寻，原路折返。

刚刚踏上返程，就遇到了小插曲。轻视了碎石山路的风险，走得过于大摇大摆，突然脚下一滑，人仰马翻。那一瞬间，感觉自己要彻底挂了。坐在地上，抱着左腿，好几分钟动弹不得。慢慢回神，试探着伸展、蜷缩，好像并无大碍。壮胆起来走几步，似乎一切正常，有惊无险啊！太庆幸了，我要感谢自己结了善缘，得了善果。

回到山底，看到入口的石头上雕刻的"莫总回头"四个大字。终于明白，能够真正在山中隐居，的确需要毅然决然地与过去的一切做个了断。

当心空无一物，方能无边无涯。内心保持宽阔的静气与疏朗的孤独，还有敞亮的温情和精神上的一意孤行。他们找到一种性情与这个世界相处，我们看着格格不入，他们却觉得丝丝入扣。从此，为信仰奉上吟咏，留下生活自然而然呈现出来的样子。

天听寂无音，苍苍何处寻？非高亦非远，都只在人心。

是的，路标就在你我的心里。

唯愿：愿遂，心遂。

一路黔行

出发，去远方。

所有的旅途都不会无缘无故发生。正是因为向往的心愿确凿，念念不忘，酝酿良久，才可成行。所以，这并不是一场说走就走的旅行。

也许，是日渐长大的孩子给我底气。所以，虽然即将展开的这段路途，交通异常曲折，注定要经历无数的辗转奔波，但是，我却一反常态地懈怠着，不肯攻略出一个详尽的线路。

这是与以往所有出行的大不同。越长越大的孩子，越来越不接受的是灌输，但会喜欢被充满。那就让我们随遇而安地一起谋划，一起冒险，一起享受车到山前必有路的惊喜。从现在开始，我们一意孤行做乐意的事情！

2016年7月，大美贵州，等我们。

一个半小时的机程仿佛刹那，上午9点就已经落地贵阳。打的去往花溪。临走的前一天，小粒儿订下那里的住宿。顺利到达，简单安顿，轻装探访青岩古镇。午饭时间，感谢司机师傅的推荐，王万妈特色猪脚果然不负所望。

天空干净，栖息成群结队的云，全然一副不紧不慢的慵懒。纵横交错的青石板路，弯曲狭长的青石小巷，青苍苍一片，尽情在古镇中缠绵。古镇的主街人流熙攘，我们就溜进不起眼的小道，漫无目的地走走停停。抬眼，蓝的天，白的云，越过檐角闯进视野，如影随形。

赶上小公交，每人四元重回花溪。沿路遇上青旅门店，定下明日黄果树的一日游。

溪园客栈，坐落在花溪公园，闹中取幽。回来安睡一个小时，扫掉奔波的疲惫，精力重新充沛。顶层露台，夏夜的风浩荡吹拂，暗含笑意。但走过长途的人，最懂得食物的甜美。所以，不在此间流连了。出发，去品尝地道的酸汤鱼。

水乐飞扬，醉其中

凌晨 5 点起床，赶早赴一场水的约会。

车路单一，左旋右盘。周山不高，翠色迎人。袭来盛夏的浊浪，蓝天的豪气稍衰，时有云团掠过山头。上游的陡坡塘，野水潺潺，河底巨石相架。宽阔的瀑布，整装出发，顺流而下，满山奔走。下游的天星桥景区，银链坠潭瀑布，前声隐隐，后声迟迟，一群水花飞起，掀起轩然大波，溅出腾空的快感。终于听到震耳欲聋的轰鸣水声，距离很远就已经先声夺人。走近，满目银泉漱玉，或倾珠撒玉，推雪拥云，或如匹练飘逸，似银河落地，气象万千，竞领风骚。倾泻而下，行云流水一气呵成，瀑布下方热闹非凡，河面雾气平铺，犹如展开一片越宽越薄的白烟，触不出一丝尘埃。一道彩虹，豁然闪现，恰到好处。雄伟壮观的黄果树瀑布，完美亮相，一鸣惊人！压不下好奇，挤进水帘洞，滴答的水声分外醒目。浩瀚水势，惊涛骇浪飞驰而下，湍急的分量中，兼有细腻与壮丽。身临其境，叹为观止。

在离尘世不远不近的地方，我们以一种融入的姿态，与如此震撼人心，自然天成的杰作，收获着响亮的共鸣。

再度出发。

昨夜的一场雨下得酣畅，伴有铿锵雷鸣喧嚣入耳。回到客栈已经晚上 11 点。经过一整天的丈量奔袭，原本应该人困马乏，但四个人却都兴奋异常，睡意全无。电视里《非诚勿扰》依旧火热，一双儿女眉飞色舞，与孩爸一起唏嘘，竞相调侃，一种平常的热烈不期然地击中人心。取出迢迢携带的茶具，泡一壶观音，缕缕清香沁人心脾，弥补了白日里饮用矿泉水的粗糙。注定又是一个睡眠缺乏的夜晚。因为已经订下 11 日清早首班去往铜仁的高铁，必须 5 点起床。

告别溪元。虽然它的位置，出行不够方便，但可以给予我们家的感觉。暂时栖息，漂泊的心得以安放。三百多公里之外的梵净山，是今天我们的目的地。

梵天净土

早上 8 点抵达铜仁，包车前往梵净山。

上山的路途狂野，沿狭仄的山路一路兜转。谷底河流如影随形，奔腾不止。树林蓬勃，茂盛得自在坦荡，野草荒藤疯长得有恃无恐。绿意深浓，竞相舒展，轰轰烈烈，散发参差随意的活泼野性。深埋于路途异端的美景被呈现。坐进缆车遥望，绿色启迪了整片山林，色调单一却不曾寡淡。远山连着近山，层峦叠嶂未见苍凉。一派天然清新，有一种强悍的浪漫。拾级攀爬，造访蘑菇石的神奇。高约十米，亭亭玉立。看似一触即发，实则岿然不动。不得不赞叹大自然的鬼斧神工。忍不住拍下孩爸与蘑菇石亲密接触的美图。阳光慢慢地淡薄。山在云顶之上，一层层的云绵延在脚下。云雾缥缈、无垠、苍茫、浩瀚，把人带入若隐若现的仙境。去往金顶。群峰高耸，峡谷幽绝，台阶更为陡峻。两侧巨崖，飞瀑悬泻，苔侵藓漫，攀爬更需谨小慎微。金顶之上，香火旺盛，缭绕不绝，佛道气场浑然。天空中的一角湛蓝，波涛汹涌的雾海、山峦叠翠的连绵，尽收眼底。

仙境般的梵天净土，渺小的我们，终于相会。

黔东南，千户苗寨

清晨包车折返铜仁，乘坐高铁到达凯里，继续包车去往西江千户苗寨。路途的周折不言而喻。

西江千户苗寨由十余个依山而建的自然村寨相连成片，是目前中国乃至全世界最大的苗族聚居村寨。木质吊脚楼依山而建，层层相叠，鳞次栉比，气势恢宏。寨前山水环绕，绿树成荫，梯田依山势直连云天。一条河流穿寨而过，恬静清幽，平添几分灵动之美。

恍若繁华盛世里的一方世外之地，有一种撼动人心的寂静与欢喜。

青葱的绿意大片大片，小鸟的啁啾不绝于耳，轻薄的雾气无声萦绕。晨风飘摇而过，苗寨在如此的静谧中，慢慢醒来。

多种滋味的旅途

昨天中午抵达苗寨，因为客栈名字雷同，导致小粒儿带着我们误闯误撞，在烈日下饱受周折。忍不住对着小粒儿发了一通无名火。寻到客栈安定下来，重新平心静气，又对小粒儿订的房间有了些刮目。距离苗寨观景台走路大约十分钟，领略夜景晨景可以轻松往返。透过观景房的窗户，苗寨的层叠一览无余。不由得懊悔自己的缺乏冷静。

感谢客栈老板的介绍，午餐品尝了地道的腊肉和酸汤鱼，几个家常素菜也余味不凡。

几声闷雷，天空有了下雨的迹象。孩爸带着孩子们回客栈休息，我独自前往观景台，俯瞰苗寨全景。房间里的气氛火热，孩爸和小粒儿正在热议即将开始的南海仲裁。两个人的激进与愤慨，一直延续到深夜。

将近 7 点，出门绕整个苗寨闲游。商品街基本无趣，小吃街上的美味轮番品尝，河边稻田悠然漫步。华灯初上，踱步观景台，夜观苗寨，灯影闪烁，点亮山峦。清晨早起，又临观景台，薄雾恍惚，苗寨显现另番风情。

8:40 苗寨入口等车，折返凯里，坐 10 点的火车去往镇远。火车晚点40 分钟，简陋的候车室，满眼凌乱，人流如织，两张纸片铺到地上成为座位，忍着潮热告诉自己随遇而安。这样的经历，对于两个孩子也是绝无仅有，他们的坦然，令人欣慰。

坐在疾驰的火车上记下上面的文字，内心重新安定。遥远的旅途，相遇的所有酸甜苦辣，应该都不失为一种美好。

五味俱全，也是宝贵的财富。

沉浸镇远古城

这是计划之内的地方，却因为路途的不便差点半途而废于四口之家弃与不弃的表决中。庆幸的是，孩爸尊重了我的念念不忘。

下了火车，果断选择了公交车，小粒儿订好的客栈正好是 1 路公交的终点，沿路看过去，就已经留下古镇的印象。订了客栈的河景房，露台上凭河临风，煮一壶热茶对饮，也是惬意。寻觅完午饭，买水果的间隙，突如其来一场瓢泼大雨，冒雨飞奔回客栈，全身湿透，四个人互相调侃，息灭彼此的狼狈。小憩。4:30 出门，意欲古城沉浸。整个古城依山傍水，错落有致。建筑风格雷同，随处可见飞起的檐角。城内舞阳河辗转相伴，以 S 形的曼妙姿态点缀其间，成为古城的点睛之笔。几座小桥南北相通，拱形桥洞倒影绰绰。游船并不云集，稀疏徜徉更显气质。

攀爬石屏山，俯瞰古城全貌。蝉鸣声嘶力竭，雨后的湿热久久难散，湿滑的台阶陡增爬山的难度，气喘吁吁、大汗淋漓中登上山顶。古城的安静、葱翠，舞阳河的蜿蜒、缠绵，尽收眼底。山顶的风里暑气全无。苗疆长城遗址休息，期待山下灯光点亮的辉煌。手机无法拍下它的壮观，愉悦的心情却不曾辜负。

夜幕无法吞噬古城的流光溢彩。漫不经心地流连其间，随处与惊喜触碰，留下回味。

奔赴荔波，拜访大七孔

早上 6 点退房，乘坐 6:40 的火车返回凯里。没有座位。让孩子们又一次见识了火车上摩肩接踵的人潮，混浊不堪的空气。挤进餐车，用两份早餐换来了四个座位，暂时安定。

8 点到达凯里，换乘客运中巴 9:50 到达都匀，10:20 再乘大巴去往荔波。经过一上午的奔波，下午 1:30 终于抵达目的地。六元的出租把我们带往昨晚预订的酒店。与出租车师傅约定下午 3 点送我们去大七孔景区。刚坐上出租车，一场雨噼里啪啦不期而至。既来之则安之，我们决定雨中畅游。不料吉人天相，未到景区，就已经雨过天晴。天空蓝得彻底，仿佛过滤掉一切杂色。团云毫不含蓄，簇拥着四处游走。水势凶猛，马不停蹄地任性奔涌。新旧林木泼洒的漫山遍野，制造出丝丝缕缕的凌乱。老树边幅不修，暗藏不动声色的年轮。大自然鬼斧神工凿造的天生桥，宛然在目，很让我们为大自然巧夺天工之神力所折服，的确没有辜负大七孔精髓的美名。

行走其中，心头立即蜂拥解暑的惬意。

相会小七孔

荔波小七孔，集山、水、林、洞、湖、瀑于一体，有"超级盆景"之美誉。

这些辗转出自深山、溶洞和湖泊的水似有魔力，色泽上白得极致蓝得梦幻。经过不断碰撞迂回，跳跃与奔流，形成各种漩涡与浪花，把水的柔美曼妙表现得淋漓尽致。卧龙潭边高山紧锁，奇树怪石林立。暗河从崖底涌出，飞泻的水流用大块的白色铺展出一幅幅雪练。翠谷瀑布，与山间那片浓绿呼应，曲折而下。远山含黛，近水生烟，撩拨着游人的仰慕。水上森林则是一片极其独特的森林。这里的千百株树木，全部植根于水中的顽石上，又透过顽石扎根于水底的河床，水、石、树浑然一体相偎相依。水上森林的上游，开辟出一条逆水而上的路线，许多有备而来的游客，穿着凉鞋一路与水亲密接触。拉雅瀑布的卓越之处，在于生长在路边，可以任由亲近。水流刚刚好，洁白得让人痴迷。

毫不犹豫地选择了沿河漂流。湿身的我们，在生动的小七孔留下欢声笑语。

返程途中

早上 8:30 离开荔波包车去往麻尾，我们要乘 11:00 的火车回到贵阳。小小的麻尾站，没有自助取票机，购票、取票的人排成长长的队伍。庆幸我们到达的时间尚早，避免了手忙脚乱。但长达一个小时的取票时间，还是让我们对这个擦肩而过的地方，滋生出一些不良印象。下午 1:30 抵达贵阳火车站。寄存所有行李，轻装去看甲秀楼。1 路公交车只需坐三站就可到达。

甲秀楼是贵阳的地标，取"科甲挺秀"之意。一枝独秀地矗立在大片的高楼林立中，并不显得格格不入，反而愈加清雅脱俗。南明河在它面前静静流淌，互相滋养不离不弃。

这是贵阳之行的最后一站。万水黔山走过，我们即将返程。

后　记

远方无限铺展，精彩惊现在每一处转弯、仰坡或是力竭所至的山顶。越过如此的明山秀水，又一段与你们彼此交付，相伴同行的路途即将结束。

期待未来，孩子们用各自的努力成就自己的远方，而我们之间可以满怀热忱地交换彼此的世界和梦想。

走过山重水复的流年，笑对风尘起落的人间。感谢孩爸，总会留出一段陪我流连山水的时光。

旅途归来，陷身琐碎，重新致力于生活的明媚与快乐。

感觉一切不能再好了。

万水黔山，我们一一走过。

大美新疆，我们已来过

原地
是瘟疫的暖床
滋生唠叨和慌张
心头失去居所
鼓胀着向往
与远方　遥遥相望
无谓阴晴圆缺
一起天涯

2017 年 7 月，新疆，我们来了。

赛里木湖，2073 米，新疆海拔最高、面积最大的高山冷湖，大西洋的暖湿气流最后眷顾的地方，所以有了一个很文艺的名字：大西洋的最后一滴眼泪。早晨 8 点从乌鲁木齐出发，经过 500 公里的奔驰，我们到达这里。旅行是件很神奇的事情，看到什么，错过什么，完全不由自主。

而此刻，我们需要一个小小的瞬间，让平淡的时光绽放光芒。人群并不喧嚣，湖水的微波散开又合拢，像一个个浅浅的微笑。自然、纯净、通透、清新，是想象中的样子。

清晨6点，已经黑灯瞎火地靠近赛湖景区。湖面一无所有，安静异常。天际涌出金色的霞彩，空气里洋溢悦人的草香。放轻脚步，生怕踏碎它的宁静。捕捉着晨曦里的秀美，赛湖日出如期而至。从寂静到渐渐升起生机，整个世界慢慢醒来，骤然感到一股复苏的暖意，倾听的耳朵就在那一刻打开。日光照耀着醉红欲滴的半开花蕾，湖面一片璀璨。等待的人群渐次散去，足音远远回响。

新疆两个小时的时差，绝非浪得虚名。夜色来得总是迟钝，晚上的10点依旧如同白昼。接连两天，这个时间我们都在如火如荼地拍照。

第一天晚上入住简陋的毡房，说是在赛地附近，却已经丝毫觅不到赛湖的芳踪。略有遗憾。幸好，有了照片里的那片坡地。可以远观壮阔的果子沟大桥，可以看到阳光慷慨泼洒下的金辉，可以欣赏连绵草地高低起伏的韵律。美不胜收。

第二天的行程颇费周折。伊昭高速禁行，伊昭公路的烂路让我们饱尝颠簸之苦。绕行、修车，跌跌撞撞抵达昭苏又是晚上10点多。闯入一片油菜花地，与昭苏的初见获得欣慰。

昨天的薰衣草基地有些大跌眼镜，也许因为正是薰衣草的收割季，草地里很是潦倒，普罗旺斯的浪漫气息折扣劲减。只能是到此一游罢。

新疆的安防，可谓固若金汤。从初下火车目之所及荷枪实弹的不适，到沿路无数次身份证查验的习以为常，我们被置身于安全的氛围之中。

昭苏去往夏塔的路途，大片的油菜花海，开得爽朗浓烈，一路如影随形。云海铺张，肆意地压下来，不觉困顿。远方的雪山，静静厮守。路笔直地通向远处，快乐的感觉油然。

夏塔，又名夏特，意为"阶梯""台阶"。这里是丝绸之路上最为险峻、高危的一条著名古隘道，也称唐僧古道。夏特古道，穿越天山，沟通南北，全长120公里，是伊犁通南疆的捷径。其中支离破碎的冰川地貌，以及汹涌的南木扎尔特河都会给旅者带来重重困难，所以也是一条集考古和探险于一体的高危徒步探险线路。看过网上的多个攻略之后，夏塔成为我新疆之行的念念不忘。

进入古道，连绵不断的绿色植物蜂拥而来，目不暇接地过去，新视野层出不穷。忽而粗壮的松柏密布山坡，忽而大片的高山草甸平缓划过，忽而又一片山形凹凸有致。云彩高耸堆积，巍峨得好像奇异山峦。山谷河水蜿蜒奔腾，发出喧哗声响。这样的风情，一下子击中我，心灵毫无负载地飘向蓝得彻底的天空。

接近观景台，青草愈加肥大撩人，原野染遍绿色。花儿盛开，衬托在丛绿之间，格外妖娆。远处的冰川绵延出流畅轮廓，展示出酣畅淋漓的强盛美感。

我们莽撞奔波，此刻，终于相会。

琼库什台，天山脚下一个深藏的寂静村落。据说外界了解最多的是中国最美乡村医生居马泰经常出诊的地方。这里是徒步东喀拉峻的起点，也是老乌孙古道的起点。古乌孙人在这片肥沃的河谷草原上繁衍生息，建立了当时西域36国中最大的乌孙国。如今，乌孙古道是新疆三大户外徒步线路之一。

从夏塔出来，直奔琼库什台，这是我们当天的目的地。从特克斯到琼库什台的路上，风景如画，心情好到极致，晚上八九点钟，我们有幸看到沿途草原的优美曲线。

雨犹犹豫豫地下着。在夜色沉沉起来时有了瓢泼之态。我们经历迷路折返，在雨中奔波数小时终于在晚上11点安全抵达。

入住小木屋。我们选择四口人挤在一个大通铺。屋外滴答的雨声，拍打出匀称的呼吸，被温暖惬意围裹，我们畅快入眠。

早晨起来，烟雨微蒙中漫游琼库什台。草木繁盛，色泽利落，细碎野花茁壮成片，宽阔河流横穿而过，袅袅炊烟，远远送来烟火的芬芳。没有手机信号没有网络，却让人的心清澈澄宁得无以复加。

净土在此，万里不遥。果然。

雨时疾时徐，看似没完没了，但丝毫没有影响愉悦的心意。孩爸临时起意，决定我们骑马穿越到东喀拉峻。村里的马匹，属于村委会集中管理，明码标价每匹马280元。

一路绿草如茵，云杉密布，一步一景，如诗如画，就像一个巨大且自由的森林公园。我们仿佛在百里画廊里穿行，美得令我们侧目，忽略掉路途的陡峻与马背上的颠簸。

5个小时穿越的后半段，山势更加险要，许多地方需要涉水而过，遇到林立的峭壁，我们必须徒步爬行。人迹罕至的深山幽谷，每一个转弯，都有突袭而来的美，都有意料之外的怦然心动，所以，任何的艰辛都是那么值得。

终于抵达喀拉峻，徒步到达鲜花台，又与猎鹰台相会，有了刚刚过去5个多小时的视觉盛宴，喀拉峻景区的景色已经不能让我们雀跃，但苍莽草原，深邃峡谷，雪岭云杉，奔腾骏马，牛羊漫山，那一刻，忘却人间烦忧。

从特克斯出发，翻越达坂，去往巴音布鲁克。独具特色的黑头山羊悠闲地穿梭在公路两侧，在这里，它们是地地道道的主人，我们是入侵的过客。

巴音布鲁克意为富饶的泉水，草原地势平坦，水草异常丰盛。蜿蜒在草原上的开都河更有"九曲十八弯"的美誉。

第一站是优雅迷人的天鹅湖。天空中挤满大片的云朵，气势磅礴，云影投入湖间，蔚为壮观。虽然并未觅到天鹅的芳踪，但徜徉翻飞的鸥鸟足以令人陶醉。

抵达十八弯，天空略有阴沉，大片的乌云线条柔和，拍到耶稣光。河水从遥远处逶迤而来，好似圣洁的哈达飘然而至。眼睛开始贪恋。小粒儿早早占据有利机位，只为拍摄落日下九曲十八弯的壮丽。远处阳光和乌云似乎在撕扯较量，乌云变换着形状，仿佛有千钧的力量。但即便乌云肆虐地涌过来，长枪短炮也没有离开的打算。时间在耐心的等待中过去，空气中隐隐嗅到雨的气息，宣布着今天落日的不告而别。拍摄落日无望，只能心怀遗憾，收纳拍照的装备，离开。

返回的区间车上，倾盆大雨不期而至，我们庆幸，躲掉了一场瓢泼。

时光得以继续欢好。

巴音布鲁克的清晨，寒凉到坐在车里依旧瑟缩，车行百公里之外，身体才渐渐暖和。然后又开始一如既往地热。到达博斯腾湖已经下午5点。

博斯腾湖是内陆最大的淡水湖，来此之前，对它一无所知，只想姑且休闲一下。回房休息到晚上8:30，我们才踱步到金沙滩。乍见生出欣喜，有海的感觉，却远比海边的任何一个沙滩清净惬意。人格外少，只是听到湖水有秩序地喧哗。层云汹涌铺排，一侧蓝中透出清秀，另一侧凝重出褶皱，渲染了整个天空。孩爸按捺不住湖水的诱惑，跳进湖里游到很远处。我和孩子们就在湖边嬉水拍照，惬意丛生。那一刻，夕阳正走在回家的路上。

吃完晚饭已经11点多。夜幕低垂，繁星满缀，仿佛伸手可触。银河，北斗七星，清晰可见，惊艳了我们。小粒儿兴奋地支好三脚架，安排妹妹打开手机电筒补着合适的光线，大美星空在镜头里呈现。然后小粒儿又搜刮出从前的记忆（因为几乎从未有机会实践）尝试着拍出夜空下的我们。周围的蚊子疯狂肆虐，我们深陷其中却乐此不疲。已经凌晨12:30，又一天，余兴未了地结束。

原本以为这是一个鸡肋的景点，却带给我们一家毕生难忘的惊讶与惊喜。这样的经历永不再版。

顶着43度的高温，我们抵达距离城市最近的沙漠——库木塔格。阳光很有力量地照射，滚滚热浪，扑面而来。沙漠一寸寸融于金色的光辉，旺盛得不知所终。远处的山峦毫无疲倦地闪烁，以高不可攀的姿态，骄傲地寂寞着。我们乘坐沙漠越野与它会晤。马达不懈轰鸣，伴随我们的尖叫，一起冲上山头。山上的阳光更直接，盛夏的热情也继续高涨，地表温度已经高达70度。浮光掠影但美妙非凡的场景横扫一切不适。我们的脚在滚烫的沙丘上挣扎，心却愈加兴奋狂热。回头，是踏过的道道足印，前方，是等待翻越的沙丘。明知，另一端无人等候，却也无法阻止丈量的脚步。亲爱的库木塔格，我们终于来到。

虽然最后的两个行程不够心弦一动，也不足以让我们流连长久，但还是忍不住意会出其中的美好。因为每一幅风景都会在我们的成长中过去，把它们拍摄下来，才记得住我经过的它们。

就让路上的每一寸时光，都能够为心中的那座庭园添砖加瓦。我们可以稍作隐遁，然后欢快离开。

常年安睡在透亮的蓝天之下，被道道山的脊背万般呵护，无垠草原酝酿出一季闪闪发光的绿颜。浑然天成的魅力，无与伦比的美，一次次将我们震撼。刚刚经过的这片疆土，我们不期然已经与它们交情甚笃。岁月有意，身心可寄。我愿意一遍遍温柔地回顾这一切。

感谢一路的山河壮丽，感谢泰加林户外神足、无花果的安排，感谢一路同行的司机扇师傅和一起拼团的唐同学。萍水相逢的你们，让我们拥有完美的行程。

还未完全离开，就已经开始怀念。

后　记

2017 年的暑假，我们千里迢迢，来与新疆说你好。经历一场绚丽的突围，我们的行程正走向尾声。

没有人能永远停顿在奔跑的世界里，而我们，也只是因为时间走得太快，舍不得孩子们的飞速成长，总想多攒一点儿全家人行走的记忆，暂时忘记生活的周而复始。

刚刚过去的那个六月，曾经深深留下焦灼的印记。还好，我们出发的前夕，那个遗留的问题历经坎坷画上句号。更令我欣慰的是，女儿的中招考试取得大踏步的成绩。一模二模的节节败退，终于在最后的关头狠狠扳回一局，初中生涯赢得善始善终。

能让人们拿起背包出发的理由千差万别。如果，我是说如果，你也有过为失去生活的灵感而生发神伤，请去路上，找它回来。

我们已在回程的火车上。一路上大部分时间，送给强悍的睡眠。新疆的这些天，几乎每天晚上结束行程都在午夜 12 点，每一天都是累并快乐着。这里要致谢我的 6Plus，很给力，拍出那么多令我心仪的照片。还要感谢我自己从一而终的坚持，每天整理照片，记下行走文字，晚上总是 2 点之后才能合眼，但是甘之如饴、毫无懈怠。

告别，也是开始。重新回归原地的生活，各自投入自己的工作、学习，这才是主业。

漫天的繁星打翻在我们面前，感谢小粒儿，用镜头记录下被惊艳的我们。也在小粒儿的镜头里，回望新疆沉潜的夏日之美。

在路上
——寻梦呼伦贝尔

2014 年 8 月 1 日，3 个多小时的飞行，顺利抵达海拉尔。张师傅和他的那辆现代将载着我们度过十天的悠闲时光。

此行的第一站额尔古纳。美味的铁山牌冰激凌迎接了我们。入住蒙古包，干净整洁，颇具现代气息，但价格昂贵。绿草盈盈，直铺天际。一望无际的绿海广大、茂盛、浓重。草原的开阔和繁荣松弛了我们的襟怀。而散落在草原处处的羊群、牛群又让我们感到生活的平静与恬适。朵朵白云扎实饱满，在仿佛触手可及的天空中拥挤着。连绵不绝的光影起伏攒动，每一前瞻每一顾后都有意想不到的惊喜。穿越心灵的沼泽，用心聆听草原的美好。我们来了——浩荡的呼伦贝尔。

今天的正餐来得有点迟，但与草原羊排的相会着实大快朵颐，与美食的搏斗让大家将减肥的誓言置之脑后。闲适的额尔古纳街头，有令我们驻足的欣喜。晚饭后的回程，全程徒步，边走边拍，有那么多的风景值得留恋，满心喜悦。我的佳能 60D 突然变得给力，干净清爽、韵味十足的片片纷纷呈现。黄昏缓缓而来，蚊子开始疯狂地肆虐，恋恋不舍地回到我们的蒙古包。风景被暂时隔离，内心却无比柔软。

　　枕着草原的清凉，睡眠酣畅。凌晨4点多，天已大亮。猖獗的蚊虫仿佛经不起夜的煎熬，声息悄无。阳光充沛，大片泼洒下来，茁壮静谧。今天的行程——根河。

　　早晨的天空如清洗过一样，蓝得不知所终。万里无云就是这般年轻的模样，笼罩着跌宕起伏的大草原，袒露着生命的原色，唤醒新的一天。转过一个山头，朵朵白云热闹地聚拢出来，时而笨重地翻一个身。羊群、牛群、马群在这片草地中若无其事地熙攘着。低头吃草，抬头发呆，对闯入它们地盘的我们不屑一顾。瞭望根河湿地，铺天盖地的绿，草甸，灌木丛，层次分明，蜿蜒的根河穿流行其间，水流葱茏。不用人为培养任何喜欢，一种安详流淌的美丽足以令人沉醉。视野疾驰，眼神里漾出笑影。

　　每一段走过的路程会一点一点在回忆里安静，但欢喜却不曾消减。在山水之侧便陶醉，在琳琅美食前便深陷，心灵毫无负载，幸福无须外援。路在远方，谢谢我爱的你们陪我一起前行。你们的张张笑脸永远是我生活的最大激励。风雨兼程，抵达满归。

　　清晨，被雨声惊醒。一整天，与时疾时缓的雨比肩而行。天穹低垂，很厚很厚黑色的云，被狂风吹乱了在天空里疾驰。与其被动，不如拥抱。我们还是会被随处的美景打动，我还会毫不犹豫地冲下车狂拍。孤独古老的房舍，自在徘徊的小鸭，风暴中的野花，都让我的心灵得以安顿。呼吸着干净得令人难以置信的空气，我丝毫都不期盼夺目阳光的洒下。

　　无望艳遇明早的日出，赶在暮色来临之前，攀上凝翠山来与这抹晚霞相会。没有耀眼的辉煌，但余晖依旧倔强地穿透云层，赐给我们惊喜。欣然每一个日出，释然每一个日落。我在这个有着诗意名字的山上留恋。

　　这里的公园以向上的姿态存在。铺张的绿色渐次软化每一个角落，整片世界里蓦然失去棱角。眼睛一层层攀登，览尽满坡的风流。大地蓄积的精华实现了树木伸展的愿望，树枝遒健有力，坚韧不拔地冲向云霄。一条木栈道醒目地蜿蜒在山林间，错落有致。但旁逸斜出的小径又可以随意踏出，似乎遍山都成为路。各种腐朽植物的尸体，无论如何盲目地踩上去，都是一样的厚实松软亲切，你可以没有顾虑地恣意前行。忘记时间。只有寂静中的轻喘，不时提醒我，曾经满身覆遍光阴的灰尘。整个上午穿行在莫尔道嘎国家森林公园。

几千公里之外的家乡正经受酷暑的煎熬，而我们已经迎来下个季节的清凉。瑟缩着加厚衣裳，气定神闲地穿越了长寿松、猎人谷、红豆坡、雷击木、冰川森林、鹿道、狩猎部落等多个景点。这里的世界对外面的所知是那样稀薄，但分明到处呈现丰衣足食的安逸。我们喜欢这个博大的存在。

整个下午颠簸在中俄边境小道，我们要去往中国魅力名镇——室韦。时而大片的金黄麦田拦住我们的脚步，张扬着成熟的喜悦，顿时旷野里也饱含出烟火的气息。间或生长迟缓的油菜花，也张开细碎的花蕾不谙世事地多情摇曳。一条小河兀自婀娜，引来我们的亲密接触，在河边尽情嬉戏。走走停停，不经意间又一条河闯入视野，水势迅猛，不卑不亢，以一种雄浑的姿态涌动着。这就是中俄界河——额尔古纳河。近在咫尺的俄罗斯，我们虽然只能遥遥相望，但并没有遗憾。因为，我们的足迹一起印过。

空气凛冽，弥漫的湿雾中迎来室韦的清晨。又一次近距离接触边界。一上午不离额尔古纳河左右。雾气渐渐散尽，蓝的天，白的云，绿的草，清澈的河水真容再现。我们在这里享受暖阳。

恩和情结，多缘于安妮宝贝的文字。她书中人物的名字经常生僻却意味深长，比如：恩和。终于到达这个或许令我有些憧憬的小镇。驱车山顶，拍到祥云笼罩下的恩和全貌。小，但一派祥和安宁。是我心中的样子。

预订的家庭旅馆，在盛开的花海中等待着我们。一缕阳光穿透进来，干净的床上立刻有了家的味道。玄关的繁盛植物，随意点缀的特色图片，提示 Wi-Fi 密码的小小纸片，都无一例外地透露出充沛的情谊。肥皂、洗衣粉、洗衣盆整齐地安置着，半个小时的工夫，屋外的小院里就多出了争奇斗艳的色彩。让时光停顿，让我们奢侈地与此刻相逢。

还是恩和。我们前晚就住在这座木屋内，睡眠很饱满。清澈蓝天下的耀眼建筑是小镇上的俄罗斯风情民俗馆，感觉应该有成片的鸽子可以在此栖息。恩和的灵气还在于这条哈乌尔河，贯穿整个小镇。河水清冽，按捺不住诱惑，无所事事地在河边消磨掉一长截的时光。

路途中偶遇的一棵葱茏大树，辽阔的草原，它突兀地出现，独一无二。我顶着烈日拍下它的孤傲，但更倾心的是它心甘情愿的渺小。

大片的白桦林。一棵棵的白桦树比邻而立，树干洁白挺直，上面的黑色花纹好像一双双多情的眼睛，枝头浓荫覆盖，阳光只能偷点缝隙才能洒下来。

又见根河湿地。俯瞰这片绿地，有韵律地起伏着。一条泛着银光的丝带，缠绵萦绕在绿色的大草原上，舞出完美曲线。河的妩媚蜿蜒呈现。

夜宿黑山头。还是那么喜欢草原上流浪的羊群。更像是静态的点缀物。一次又一次留住我的步履。毛色铮亮，身姿矫健的高头大马，毫无羁绊，只有辽阔的草原，才能赋予它们这样的自由自在。我们在这里狂欢，释放了所有的循规蹈矩。

在去呼伦湖的路上，遇到一片壮观的向日葵园，气势恢宏。缺少蓝天白云的映衬，无论如何是有些萎靡，如同孩子们的不振作。呼伦湖的排场很大，有海的气魄。但混沌，浊浪翻卷着，并没有想让人亲密接触的冲动。阴沉的天空，给不了与蓝的天白的云相得益彰的惊喜。

到达满洲里，追随拥挤不堪的队伍看到国门，更多的是一种深深的失望。非常严肃神圣的地方，却如此肆无忌惮地被商业和功利充斥侵袭，真伪难辨的俄罗斯商品被四处叫卖，凌乱无序，身心难以安放。夜色中的满洲里一片辉煌，绽放大都市的浮华，眼神里有一种被束缚得不知所措的慌乱。开始怀念刚刚经历的草原、河流、树林……天蓝得足够彻底。拥簇的白云热闹得不可开交。草，一层层地朝视线尽头拥挤过去，在团云下泛滥成绿色的海洋。成片的牛马一群群惬意地聚拢在一起，安逸得一塌糊涂。一切精致如画。一切又是那么漫不经心。没有什么会对我们的顾盼有呼必应，但我们的欢喜却是如此波澜壮阔。曾经，内心的简陋无以复加，而此刻，只想把握一份朴素温暖，安顿自己的旦暮晨昏。

最美的时光总是走得最急。荡气回肠的草原之旅迅速走向尾声。寻觅的心情如愿以偿地开朗安定。人世间，总会有一些美好会与我们相遇。一段难以磨灭的旅途经历，一段悲喜交加的纯真感情，遇到倾心呵护它的人，才可能口口相传。

亲爱的呼伦贝尔，请你记得，我们已来过……

与水的艳遇
——广西十日游记

　　远离人间烟火的喜乐和熙攘，义无反顾地投奔山水丰美的大自然，应该不只是大人们的愿望。孩子们更有充足的理由逃离各种名目繁多的辅导班，憧憬着陌生的远方不一样的风景不一样的乐趣，明媚这个难得的假日。广西南宁、北海、涠洲岛、阳朔、漓江十日之旅归来，承诺孩子们的旅行终于得以成行，与宝贝们一起经历了与水的亲密接触——温软绵延的通灵峡谷之水、气势磅礴的德天瀑布之水、广袤无垠的海岛之水、清秀优雅的遇龙河水、驰名中外的漓江之水，一路倾听，一路体验，美不胜收的感觉如影随形。姑且听我娓娓道来吧。

　　2011 年 7 月 22 日下午 6:30，在孩子们的期盼、雀跃、兴奋中，我们的快乐之旅缓缓启程。枯燥的行程因为大大小小十几个孩子的嬉闹、玩乐、吵嚷甚至争执而生机四溢。将近 30 个小时的颠簸，终于抵达广西首府南宁。

　　经过一晚上的宾馆休整，精力重新充沛。7 月 24 日上午坐车前往此行的第一个景点——通灵大峡谷。又是一上午的行程，于中午2点入住通灵山庄。二层的小楼在蓝天、白云的映衬下熠熠生辉，房间内的设施也一应俱全，感觉没有愧对150元的价格。下午3:30正式进入景区。放眼望去，繁殖旺盛的各类树木，尽显葱茏。空中翠幛万丈，遮天蔽日，地上，藤萝缠绕，落叶盈尺，地下，盘根错节，根须如网。在茂密掩映的翠荫之中行走，突然就有高大的植株凌空展开绿色的臂膀，防不胜防地牵住去路。溪水欢腾，股股清凉哗哗流淌，肆无忌惮地孕育了整片密林，所有植物都毫无例外地被涂染上湿润而丰厚的色彩。呼吸着林子里的气息，一路向前，雾霭蒸腾，一挂银瀑飞流直下，招引我们进洞探看虚实。洞内雨丝成串，交织坠落，沾湿裙衫，自有一番别样的情致。回程，孩子们在一池清溪中再也不肯挪动脚步，玩耍嬉戏尽兴欢娱。

晚餐在通灵山庄点菜就餐，西红柿炒鸡蛋、香煎土豆条、通灵翠鱼、米饭，虽然价格不菲，味道却不算鲜美，但毕竟还是让已经委屈了两天的胃得到了些安慰。夜晚悄然降临。峡谷的上空深邃宽阔，缀满繁星，颗颗闪烁，剔透晶莹。萤火虫在簇拥的丛草中顽强地泛出零星的光芒，硕大无比的蛾子跌跌撞撞地自在飞舞，各类虫子不甘寂寞地竞相吟唱，奏出森林狂想的乐章。不由得感慨，夜色原本可以如此的妖娆。

7月25日晨，最后一次深呼吸，告别通灵峡谷，前往德天跨国大瀑布。碧蓝的天空，雪白的浮云，微耸的山峦，葱翠的林木，墨色的潭水，掩映着散发出排山倒海力量的德天瀑布，豁然眼前。来不及惊呼，心中所有的禁锢在一瞬间瓦解。内心仿佛被天地之间一股蓬蓬勃勃的气息裹挟着，磁石般吸引着我们的脚步、眼神，欲罢不能。坐上竹筏与瀑布近距离接触，水雾缥缈，隐约能够感觉到触摸它时流过指尖的滑腻，旺盛而持续的水声，奏响着欢快的旋律，更显得刚柔相济、韵味无穷。顺着水流拾级而上，探寻瀑布的源头。落差甚微的小瀑布接二连三地涌现，丝丝缕缕的水草丰润茂盛，低矮结实的灌木饱满充沛，粗壮高大的树木坚韧强悍，大大小小的卵石亲切可人，虽然经历着水流日与夜无休止的冲刷，但此间所有的生命都好像互相滋润供养，它们依旧显得和谐动人，纯生态的森林水景又一次震慑了我。

晚上回抵南宁，豆沙粥、炒粉、水果冰饮、香豆腐、臭豆腐、各类小吃烧烤，诱惑着大家，放开胃口，在夜市上大快朵颐之后，带着无尽的满足，午夜坐车前往东兴。

7月26日上午，在东兴这个中越边贸市场，大家按捺不住购物欲望，疯狂扫荡一番，将越南香水、特色小吃以及感兴趣的种种收入囊中。中午到达北海，计划乘坐快艇进入涠洲岛。码头上大大小小的船只熙熙攘攘，我们的快艇娴熟地穿出船群，箭般驶入茫茫大海。碧蓝的海水，好像纤尘不染，旁若无人地向远方无尽延伸。逆水前行，快艇由颠簸变成震荡，溅起阵阵浪花，引来声声尖叫，充满刺激的快感。快艇迅速驶离海岸，越行越远，终于将背影甩成一条真正的地平线。放眼望去，远处的船只依稀可见，只能感受到一叶孤舟独自飘摇，什么是孤立无援，什么是沧海一粟，此时有了最深刻的体会。

大约一个小时的里程，平安抵达涠洲岛。大片大片高大植物闯入视野，棕榈、芭蕉、波罗蜜，连同串串丰硕的果实，再次吸引了我们。纯朴的刘福老板介绍说岛上林地里所有的果实都可以无偿享用，更增添了大家的勃勃兴致。安排好住处，我们就迫不及待地想投入大海的怀抱。住处与海边仅仅两三分钟的距离，瞬间就可以簇拥大海了。想想上次去海边，我和孩子都还不会游泳，而这次，已经成功横渡过黄河的我们终于可以在大海里畅游了。碧蓝的海水以它博大的胸怀盛情接纳了我们，我和孩子乐此不疲地与大海亲密相拥。

7月27日早晨6点，我们就已经在环岛游的路上。过了春意盎然的季节，岛外的花儿早已渐次谢败，而岛上的花儿却正盛装出席，虽然姓名不详，但无论是大朵的还是细碎的，艳丽的还是素朴的，都娇嫩无比，鲜美纷繁，在风中浪潮般起伏。火山口地质公园，既可鸟瞰大海亦可平视，还可与浅海零距离接触，园内树木丰富，火山面貌记忆犹新。五彩滩实在是个休闲的好地方，一顶帐篷，一杯小酒，一盘海鲜，一阵海风，必定会有面朝大海、春暖花开的好心情。天主大教堂，虽然当年的华丽不复存在，但岁月的痕迹依然清晰。一上午的时光就这样倏忽而过。下午，喜爱刺激的小子们相约着潜水，小粒儿也不甘示弱，叫嚷着同去同去，虽然以失败告终，但也算是有了一次亲身体验吧！然后又一同出海打鱼，捕捞上的活物实在诱人，当仁不让地成为晚宴的主题。太阳西斜，日光的余晖泼洒在一望无垠的海面上，大海被染成璀璨的金黄，捕鱼归来的船只，游泳戏水的人们，捡拾海贝的孩童，都成为大海里生动的剪影。而这一个瞬间，我与大海、落日汇聚的美景交会而过。

7月28日，为了躲避可能到来的台风，我们搁浅了海鲜早餐大餐的计划，及早乘船离岛。厚道的老板、朴实的民风、生态的海景，挥之不去地留在记忆里。

回到北海，走马观花了海洋世界，实在很不给力，带着孩子毅然撤退，寻一麦当劳吃饱喝足。下午在北海银滩安营扎寨，海滩的沙子好像碎银般闪烁，大约这便是银滩得名的最主要原因。沙子的棱角丧失殆尽，踩在上面松软缠绵，非常惬意。而海水并没有想象中的湛蓝，似乎略微混浊，无法与涠洲岛的海水相提并论。但是离开这里，此行我们就再也无缘与大海亲密，孩子们堆沙丘、垒沙堡、戏海水，尽情撒欢，玩得不亦乐乎。小粒儿还与苏醒阿姨坐摩托艇在海上张扬了一番，而我也在大海里做了最后的畅游。

7月29日早到达阳朔。安排好住处，骑上租来的自行车，在小钟导游的陪同下，与孩子们一起游玩遇龙河。天气微阴，免去骄阳的毒辣，适合骑行。小粒儿一路尾随，几十分钟后便来到秀丽的遇龙河边。坐上竹筏顺流而下，前方突兀的山峦，好像微耸的驼峰，比肩绵延，仿佛伸手可触，却又高不可攀。河岸两旁翠竹林立，根茎饱满，草丛枝叶泼辣青翠，河水中间修长的水草繁盛摇摆，碧波激滟，有时深不可测，有时游鱼清晰可见，一望便知其深浅。小小的竹筏仿佛就是河水中的尤物，稳健而沉着，幸而有微小的落差时时提醒你又过了一段行程。聊天戏水打水仗，青山秀水绿树一路相随，又一番怡然自得的情致。

晚上阳朔西街游逛。仔细端详阳朔县城，的确有惊人之处，整个县城竟然是在一个个独立的山峦之间，黝黑的山峦，好像放大的盆景，映衬着无数的灯红酒绿。我执拗地认为这样的街景曾经出现在我的梦境之中，那样的熟悉。西街的繁华确实不负盛名，川流不息的人群，铺天盖地的排档，比肩林立的商铺，极具异国情调的酒吧，穿梭其中，几乎每个游人的脸上都沾上喜气洋洋的色彩。

7月30日游走漓江。安排孩子们坐上机动竹筏，我便可以轻装完成徒步漓江的夙愿。我们五姐妹从杨堤码头出发，穿过石滩，越过堤坝，踏上田埂，我们用脚丈量着漓江。沿途奇丽的山峰，曲折的河道，清幽的翠竹，澄亮的江水，闪动的绿漪，以及隐约可见的田园农舍，山重水复地任凭我们追随。徜徉于秀甲天下的山水之间，如此近地触摸这水墨画卷，体味着漓江的别样秀色，那种融于大自然的感觉，实在妙不可言。而最为惬意的还是徒步所带来的无穷乐趣，劳累、辛苦、目标和对远方的寻觅，都被欢乐的汗水体现得淋漓尽致。我再一次被此山此水此景此情折服……

7月31日中午平安回峡，圆满结束此次行程。

后 记

喜欢假日。因为每一个假日，都好像是日子里的一个逗号，稍微地停顿一下，于是生活便有了抑扬顿挫的节奏感，不会单调。所以有了这次旅途。

　　我始终相信没有什么比酣畅淋漓的尽兴更让人快活的。所以，就让那些旅途中的不足不快烟消云散了吧！我宁肯只记住旅途中美好的、悦目的、欣喜的、感动的。

　　如此这般，实在很好。

漫游云南古镇

生命不只是使用，还需要奖励。假期和远方在一起，我和爱人在一起。2015年的初始，开启一场说走就走的旅途，享用一段慢时光。我们来了……

花音客栈，依傍水源，自在而居。老物雕镂着岁月的标签，随处栖息，能让最不起眼的角落光彩夺目。复杂端庄，韵味精致，轻易就可触碰不张扬的精心，惊喜如潮水，整个人被围困。喜欢，也许就是如此地一击即中。

在一片刺目里，听着水花的嬉戏与恣纵，心满意足地品茶发呆。阳光晒干每一寸潮湿的心事。只看到春光大好，万事无忧。忘记过去，没有将来。当下是最美时光。

屋里的光线慢慢退去，夜色渐渐进来。持续不断的海潮声，一声一声地拍打进耳朵。抱起一床散发阳光味道的白色被褥，闯入宽大露台，肆无忌惮地躺下。在微醺的海风中，看着清澈的弯月不时被遮住又不时展露真颜，熙攘的繁星，迎着月光吐艳，沁出一派温馨。美，真的可以是一种安然无恙的存在。我为能有这样的缘分而激动得夜不能寐。

在花音的贴心简餐里开始新的一天。蓝天碧水，澄澈空灵。我们又要迎着阳光出走……

洱海醒来，你与阳光都在。如此打动人心的话，所以毫不犹豫订下这家客栈的海景房。洱海醒来，是当地几个媒体人的匠心之作，随处彰显文化、环保的理念。巨大绿植成就了客栈的四季如春，临海的落地窗户几乎彻夜洞开，任由洱海的气息延伸进来，浸润客栈的一草一木。随意躺在床上，视野开阔。海水激滟，在日光下碎银般闪烁。海中央的风情小岛，林木苍翠，扑朔出迷人气息，一切尽收眼底。露台上的花已经迫不及待地开放，我们欣喜地与它相逢。

在双廊的两天，没去任何明码标价的景点，只是放任我们的脚步丈量古镇的每个角落。总有那么多不期而遇的惊喜与感动等候着我们，内心深处的尘埃渐渐被清洗，只消耗了两个没有懒觉的清晨就读完了小鹏的《背包十年：我的职业是旅行》。我知道自己安静了。刚刚过去的那段时间，我是焦虑的，女儿突然失去学习的状态令我束手无策地焦虑着。我甚至丧失了静下心来读书的乐趣。我需要调整自己，所以有了这趟旅途。谢谢爱人的陪伴和纵容，让偶尔的浪漫和奢侈，给了我更多眷恋生活的理由。

我喜欢路途中的萍水相逢。邂逅一段陌生人的姻缘，他们的婚纱摄影，成为我们在露台上发呆时眼前的风景。

流光溢彩的绚烂招牌晕染了海边的一片灯红酒绿，而白族老乡小店里的两碗地道的米线，却让我们吃得风生水起。晚霞里的云团，厚重得诡异，夕阳的残照，把海水染得浓蓝。晚景的温存在这里被我们偷尝。

路途中的合影多来自陌生的路人甲或路人乙。而那张灯影中的我们，是醒来客栈鑫鑫的妙手偶得。一个让人念念不忘的女孩，相信洱海醒来也会因为她的温婉而令人愈加倾心。

还是洱海醒来。花儿仰天怒放，连同精心的早餐，抢得一角影影绰绰的清晨。

离别时再次俯瞰，双廊古镇的全貌锁进记忆。无论是否再来，这段时光都是如此地独一无二。

感谢杨大哥，感谢 Michael 让我们原本辗转的下站旅途，预料之外地轻易实现。

分享着淳朴的农家晚餐，五湖四海的我们共鸣出生活的暖色。还有一个两岁半的混血女孩儿，迅速和我成为朋友，为我制造出重返童年的甜醉。

抵达沙溪古镇。群山之中的小村落里，隐匿着这个茶马古道幸存的白族小镇。不便的交通并没有阻挡我们亲近它的决心。

原汁原味的建筑不失古色古香，一渠流畅的溪水，灵动着整个古镇。衰老的戏台与千年老槐天经地义地相互守望，玉津桥不动声色，成就着自己的世界。

猫咪被充足的暖阳宠爱得满脸养尊处优，目光炯炯有神。狗狗慵懒地不知所终，互不多嘴，安分度日。花影树声，远胜人间锦绣。亲昵感丛生。

没有惊天动地。在这里，嘈杂成为腐朽。我们会对任何繁华的东西失去兴趣。心甘情愿时光静止。

也许正是因为不便的交通，沙溪被或多或少地遗忘，五味杂陈的功利气息并未将它席卷。许多客栈的主人，都是被这里的安静打动，顺应内心的喜欢，毅然安居于此。不是为了赚钱，只是为了享受这份简单。更有一些人，常年租住客栈，每日发呆晒太阳，日复一日，生活也是另一番的从容。夜幕降临，穿行四通八达的幽深小巷，听不见鼎沸的喧闹，唯有沁人心脾的寂静形影相随。

枝蔓般的小巷，融汇出沙溪的曲折从容，并不招摇的深巷里也可能妙处无穷。受到 Michael 的邀请，我们来到平舍客栈共进早餐。这里花树璀璨，在风的轻佻里大片盛开。布局花费心思，洋溢尘世烟火安稳富丽气息。平舍女主人性情和顺，客栈的酱醋酒茶，每一件必定躬亲。执着地热爱这里，五年间获得自己的欢喜心得。不紧不慢，独自完成每一份早餐，玫瑰酱是闲暇时制作，余味不凡。

临走前最后在玉津桥留步。河边溪水静静流淌，不在乎大江大河如何掀着巨浪。偶有翠鸟飒然飞起，发出婉转清啼。桥头一株老树，枝丫蓬勃舒展。杂草泛出嫩绿，若无其事地吐露芬芳。寒风沉沉睡去，我们在一月的沙溪里倾听春天苏醒的声音。

沙溪就是以这样一种轻声细语的存在，将我们所有的浮躁置之度外。不由得你不迷恋。灵魂在此深呼吸。

7 点的清晨，束河古镇还未苏醒。天色暗淡，灯火稀疏，石板路高低错纵，只凭感觉踏下每一步。家乡正遇一场盛大的雪事，而这里没有日光的早晨也只是微寒。环绕古镇的河水，在万籁俱寂的此时突兀喧哗。我们赶早奔赴玉龙雪山。

对所有雪山始终心存敬畏。8264 户外论坛上的"山伍成群"版块一直是我的最爱，对那些勇敢战胜自我，克服种种困难抵达各座峰顶的女汉子们，心无旁骛地敬仰。我渴望接近雪山，感受她们的热爱。

天空湛蓝，一尘不染。云雾婀娜，在空中疾驰。雪山嵬巍，3100 米以下，有笔直的干枯树木挺拔林立。3100 米以上，寸草不生。有的山体全然被雪覆盖，有的山体裸露石灰岩，明暗交错，绽放光彩。

攀爬 300 多个台阶，触摸到 4680 米的高度。内心的感动无以复加。纵然经历了高反后遗症的折磨，但绝对不虚此行。

阳光足够，每个人都可以分得到。我们懒懒地坐在路边的长凳上，等候去往白沙古镇的班车。好像村头老夫老妻晒太阳的场面，恍惚间有了一种提前安度晚年的感觉。那是一个计划之外的地方。据说较束河更为清静，瞬间就滋生了相遇的念头。

果然没有失望。白沙更为古拙素朴，古镇建筑鲜见大刀阔斧改造的痕迹。游客稀寥，街头巷尾大多是纳西乡亲的身影。亲切感油然。

大朵的白云好像是这里的特产。随意就排列成千奇百怪的图案，给人无尽的猜想。成群成片地笼罩整个古镇，仿佛触手可得。走进开阔的田地，偶遇一双勤奋的老人，还有漫不经心的老牛，以及缥缈的远山，他们都是我们眼中的唯一。

为了拍下束河古镇的全景，在纳西老乡的指点下，费力找到隐秘的上山小径。杂草四处丛生，嶙峋的怪石忽隐忽现，脚下生出仓皇。但比肩林立的苍翠树木和近在咫尺的大朵云团，还是赠予了我们攀爬的力量。俯瞰整个古城，纳西族吊脚楼的青瓦层层叠叠，盖住了四方街，盖住了曾经海水般涨落的游客。我们为自己能有如此的驻足而心满意得。

闲散的时光，平静得让人无所期盼。也许正是这份闲散，造就了束河古镇的宠物世界，各种名目繁多的狗狗随处可见。有的无所事事却又目光灼灼地四处游荡，一串廉价的烤肉，就能让它感恩戴德地跟随你很久；有的个性倔强不服管束，被主人牵绊着遛弯，不曾放任；还有的气质优雅，整日追逐阳光，懒洋洋度过一日又一日。在这里，它们与人们互相习惯，互不厌倦，交融在缓慢的时光里。这种胸无大志的氛围让我们沉迷。

拍出明亮的云朵，其实天色已经黯然。彼时，在如此相似的巷子里，我们走出了曲折。甚至动用了导航，还是没能寻觅到背包十年的踪迹。

来束河，原本是要奔赴背包十年客栈的。但就因为 Michael 一句八卦的话，让我顿时失去投奔的兴趣。但在临走的前夜，爱人还是费心地为我制造与它的相遇。

终于在偏僻的小巷看到那个大大的院落。我们毫不生分地闯进去。露天影院引人注目，《刀锋战士》正播放得如火如荼，虽然观看的人并不多，但那份有夜空相伴的惬意瞬间就打动了我们。踱步客栈图书馆、阅览室，陈设细致入微，想象着可以花费整天的时间在这里随意读书，还有阵阵阳光的气息，让人如何不陶醉？爬上宽阔的露台，几顶帐篷涌入视野，如果你愿意，也可以枕着星空入眠。夜色已深，但我还是清晰地看到大块的云朵在头顶经过。用手机拍下月亮和流云，极致地喜欢。

有很多的过往即刻成为唯一，又有太多相遇原本就是重逢。束河的背包十年，终究没有与它擦肩而过。

当我再次敞开回忆，我们已经平安回来。

所有一切的阳春白雪，总归要栖息在柴米油盐之中。

这是我的所得。

沙溪 Michael 灯草湾 18 公里的徒步

去往沙溪途中遇上 Michael。让我们原本只能辗转抵达的旅途，意外地一帆风顺。

Michael 江湖经历不凡，喜欢挑战，似乎很享受在一个新的领域慢慢把自己修炼成高手的过程。刚从丽江迁居大理。因为对沙溪的过度喜爱，往返多次兴趣仍然无止无境。第四次有备而来，怀着要把生活过得生龙活虎的雄心，充满在这个乡村古镇站稳脚跟的抱负，致力于建树自己的农庄。

受到 Michael 古道热肠的邀请，与他的团队一起探寻沙溪周边的大小牧场，以便 Michael 为规模不菲的农庄投资吃下定心丸。

午休后的精力异常充沛，我们的队伍浩荡在坎坷不平的山路上。头顶的阳光清澈透亮，云彩似有似无，空气干净得令人难以置信。田野上自由延伸的小路印迹清晰，左边的山坡上布满巨大的植株，右边的田地视野开阔，能看到远处的白色山峦。光线洒向山峦间的村庄，一束一束，静谧强壮，偶有稀疏人影寥落在良田沃土之间。这景象使人入迷，旁观数小时不觉厌倦。

一片开阔的平缓坡地豁然眼前。这是 Michael 寻觅的小牧场。枯黄的野草，迎风而生，遍地扎根，在阳光下色泽鲜明，四周绿色植物布满山坡。树木与野草共生，让整个牧场呈现起伏的韵律。司机老谢毫无顾忌地躺倒在草地上，任凭阳光烘焙。教练老姜登高远眺，以一个老辣车手的身份，陶醉在这片绝佳的赛车地形探究中。敬业的导演，背着昏睡的孩子，手持相机，试图以叵测的角度拍出路段的并不道貌岸然。而我却天真地想象，以农庄为始终，设计一个完美的徒步小环线——阳光乍暖，树木葱茏，云朵或隐或现，小花开满沿路，松弛的人们且走且流连。

又一座小山散淡地落在面前。Michael 贪心地继续神往大牧场。迫于向前的路程无法估量，只由向导、Michael 和我们继续前行。翻过小山，仿佛闯入森林，不知年份的苍柏一棵棵寂然挺立。叠叠峰峦，数不胜数。曲折小径，通往一层叠一层的群山峻岭。一种狭路相逢的美。

不知不觉踏进最后一个白族村落。牛群热闹，不紧不慢蜂拥着回家，三三两两的孩童在门口好奇地张望。前段时间的那场雨雪，将小路浇灌出冬季风骨，我们一边走一边避让不知深浅的泥洼，路途略有波澜。

被两位彝族老乡追上，赶集归来，路途遥遥，家还在更远的深处。向导与她们热络交流，是我们无力倾听的语言。虽然她们常年被紫外线侵蚀，面容粗糙，但始终浅含微笑，焕发出一种信奉辛勤耕耘就能丰衣足食的满足。

获得关于大牧场的讯息，需要更久的时间才能抵达。彼时，天色失去明亮，阳光正化为闪闪烁烁的光雾，朝着四周阴暗的地方浸染。心有不甘，但也必须打道回府。

无人问津的乡间小道，盘旋蜿蜒没有尽头。晚霞在夕幕里变幻着千层万层好像细鳞般的波光。苍穹仿佛从未被污染，天幕闪烁稀薄星辰，半弯的月亮在旷野中洒落光泽。群山沉寂，意味不明的山峦轮廓，呈现醒目黑影。

我们在山脚下疾驰。空灵的山野，将我们的身影糅进自然的粗粝中。庆幸在这翻山越岭的路途中，能够拥有势均力敌的伴侣，成为彼此最热烈的鼓舞者。

世间此刻没有荒芜。

后 记

旅行会让人忘记很多习以为常的事情，但旅行不是为了遗忘，我们要记得每一种风景的颜色，记得每一个瞬间的感动。所以，我卖力地回忆路途中这次缺失的记录。

也多么地希望——Michael 的这次努力可以使自己不在人海里沉没。

Michael，加油！

甘南自驾之旅

当生活僵化成例行公事，当开始为鸡毛蒜皮的小事涣散身心，当氛围中多出不和谐的音符，我看见心事重重的自己。突然迫切地觉得，需要一场未知的旅途！远离角色的路途使我上瘾。在痴情的寻觅中收获丰润的回报，并松弛地感受着自己的逐渐平静与驯服。生活的别具一格开始缤纷。

2015 年 8 月，奔赴远方。与美好的光阴一起虚度。

遭遇堵车。轻微的、严重的，陆陆续续。无论突围得怎样不尽如人意，但生活总算远离了惯常的轨迹，也就并未太大地影响心情的雀跃。依靠旅途衍生快乐，这是乏味生活的解药。甘之如饴地继续突围中。

在车的沼泽中成功突围，抵达兰州已经凌晨。我们奋不顾身地将自己投入到正宁路夜市的洪流中。红柳枝羊羔肉烤串、牛奶醪糟、杏皮茶、特色炒面，如愿以偿地满足了叫嚣一天的味蕾。伴着凌晨一点的车水马龙，我们又步行探望了流光璀璨的中山桥。一切都在计划之中，只是因为堵车的插曲，所有的时间都被迫延迟。早上 6:30，不足 5 个小时的睡眠被表铃生硬切断，只为早起品尝扬名四海的兰州拉面。很庆幸，短短停留的几个小时，这里的经典美食不曾与我们擦肩而过。

正午时分抵达夏河，没有想象中的人满为患。蓝得穿透眼睛的天空，肆无忌惮的大朵流云，令所有的记忆归于清澈。太阳的光芒灼热明亮，一无遮拦地洒在白塔上，洒在庙宇上，洒在错落有致的屋顶上，也洒在长长的转经路上。硕大的黑色鸟类振动翅膀飞远又飞近，不知如何称叫，在阳光下闪烁不可触碰的身影。祥云笼罩下的拉卜楞寺一片勃勃生机。

站在山坡上俯瞰整片寺院，周围高山起伏连绵，山脉把整个寺院环抱其中。灰色泥木结构的僧舍，一户连着一户，展开在山脉围绕的谷地之中，舒展而静谧，如同棋盘般结构。街上有穿桃红色僧衣的僧人经过，这种红鲜艳夺目。

转经的道路漫长，延伸到山上。围绕寺院一圈，需四五十分钟。快步走过的基本上都是藏人。手里拿着佛珠，轻声念诵经文或咒语，风一般从身边掠过，赶到前方。最动人的是小小少年，目不斜视地匍匐在埋藏信念的圣地。

望不到尽头的蓝天白云学院僧舍，连同随处可见朝拜的路人，让两天的疲惫变得值得。如此的神圣和美丽，不枉我们万水千山的投奔。

离开拉卜楞寺，经过桑科草原去往更远的地方。景致在我们眼前徐徐展开。远处的草地形成一线天际，曲折有致，尽如人意。慵懒的白云温柔地抚触每一个角落。灿黄的油菜花，星星点点散落的羊群，旁若无人的牦牛，不动声色就轻易点缀了整个草原。通透的风，穿过我们。如影随形的是一种随时可以叩响的欢喜。

失去水的润泽，尕海湖悄然失色，但变化的云彩却恰到好处地为它制造出妩媚。

夜宿郎木寺。沉溺在车流中，我们险些迷失方向。提前一周订好的住宿，也意外地出现波折，好事多磨中安顿好一切。慕名前往镇中央的达老餐厅，风味不凡，连同能说会道的特色老板，都成为我们记忆里的风情。

清冷的早晨，雨似有似无，前往郎木寺景区。一刹那，车水马龙骤然失声，深埋于路途异端的美景一一呈现。四周峰峦叠嶂，山腰苍松翠柏，大大小小的庙宇间杂着村落，散布在一条狭长的山谷。

浓烈的赤红与白色组成的墙面，辉煌瑰丽的金顶飞檐，浓烈的色彩令人惊异沉迷。曲长的转经廊，色调艳丽，图案万千。大殿威严华美，散发浓浓酥油气息。一幢幢房子，白墙、红瓦、尖顶，展布在一座小小的斜坡，顿觉胸中都是山香云气。云海叠沉的天宇下一片宁静，身体匍匐在强悍的心灵之中。

多年前来到郎木寺，独自一人不惜踩着泥泞去往天葬台，看到过现场的残骸，居然没有觉得血腥。这次没有遇到天葬，省去跋涉观看的时间。几天以来，终于能够在正常的点上吃午饭。缘滋缘味的云南菜，丽莎餐厅的苹果派、牦牛汉堡、牦牛酸奶，按照我的美食攻略，一网打尽。

午饭后的时光再次送给路途。群山连绵，声势浩瀚。天空蓝得透彻，成群结队的云朵正有秩序地通过山坳。每一处拐角，都无法预测蓦然撞见的风景，每一处转折都觉得荡气回肠。

即将探望的是隐藏在崇山峻岭中的一个藏族村落，坐落在半山坡，藏式榻板木屋，鳞次栉比，层叠而上，村庄四周都是未经开发的奇异山峰。因为偏僻深远，它的模样还未曾被世俗改写。

这里是大自然的遗世之作——扎尕那。

远山连着近山，草木茂盛得自在坦荡，嶙峋的巨石更得人心。山脚下的小小村落，疏疏散散、遮遮掩掩的人家，一种无法掠夺的安静。云层在天穹含笑，淡荡的微风跑往天的尽头。我们在这里与它们萍水交结。喜欢就沉浸到底。这是人生中绝版的好时光。

夜色逐渐涌起。扎尕那整村停电，世界顿时失去光明。恍惚的烛光中，我们打开心灵的耳朵，喝茶、聊天、品味简餐，倾听夜的和谐。扑朔迷离的烛火，多年不曾经历，今夜在这里点燃重温的火焰。

睡眠安稳。清晨，在窸窣的雨声中醒来。抱着相机冲进雨雾。山峦时而被奔跑的云淹没身姿，时而醒目地显露真容。云团时而凝重，时而缥缈，目力所及，宛若仙境。这是一场不在计划的邂逅，却如此沁人心脾，惹人沉醉。

赶赴花湖。空气凛冽，季节倏忽转换。即便套上所有的衣服，还是感觉难以驱赶的寒冷。花湖景区火爆异常。瑟缩着尾随蜂拥的人群排队购票，将近一个小时才挤进景区。

花期已过，但花湖的容颜依然毫无逊色。长长的栈道从四面八方通往湖心，绵绵青草含珠带露肆意铺陈。成片的芦苇不甘寂寞，在微风中欢快地轻摇。湖面辽阔，波澜不惊。漂泊的云团，风姿绰约，妖娆的倒影好似万顷棉田，朵朵绽放。天空仿佛融进湖水，无声无息，如梦如幻。所有的细节都带有特别的眷顾，欢喜婆娑。

花湖去往唐克，80公里的凹路，肆无忌惮地颠簸着，逼迫我们放缓车速。灿烂的阳光漫步在一望无际的草原上，云影斑驳如影随形目不暇接。恍惚间回到呼伦贝尔，但却又有更盛于它的繁盛云团。草原鼠数量惊人，毫无旁顾地肆意穿梭。硕大的旱獭，稍显羞怯，探个头又跑远。牛群不屑闪避车流，慢条斯理地越过公路。羊群没心没肺地占据路的两侧，舒展着身体完成午休。雷同的风景，虽然几十公里没有变化，饕餮着视觉的盛宴却丝毫不曾疲倦。这里是八月初的若尔盖。没有花朵的草原也如此美得心惊。

黄河泛着天光，舒缓地流淌在辽阔的草原。曲曲弯弯，从天边一路徘徊而来，自由、从容、静谧、优雅。看不到浊浪滔天，听不到惊涛拍岸，但宏伟的气势依旧磅礴。蜿蜒的线条犹如情意绵绵的飞天飘带，缠绵地舞动在云海之下，跃动着起伏的韵律。灵光栖息。岁月的褶皱在此搁浅。

浩荡的黄河九曲，我已飘过。

扎尕那的雨让我们不得不修改行程，所以有了与若尔盖和黄河九曲的提前相会。因为遭遇那段狰狞路段，我们显然已经无法在预计的时间到达目的地。纠结着是否更换当晚的住宿地，联系稍微近一点的阿坝住宿，意料之中的失望。沿途住宿全部是我提前预订，并打电话多次确认，但在郎木寺和扎尕那仍旧出现波澜，何况没有提前预订，就更不可能尽如人意。动人的九色甘南，人气爆棚真的不足为怪。

在疲惫与颠簸的交战中，我们赶赴久治。阳光酒店的前台姑娘耐心地等着迟到的我们。有电、有热水，房间干净宽敞，光明温暖的一个晚上。但 3600 米的海拔，还是让我有了轻微高反的症状，几乎一夜无眠。

关于高反，葡萄糖冲剂真的有效，一直冲服，会缓解很多。另外，要尽量避免过多地强调海拔，心理暗示的副作用会更雪上加霜。

还要吐槽。经历若尔盖的花湖至唐克段，被藏民勒索 100 元。是因为拍照，想把车停到便道，谁知这个便道是个陷阱。几个藏族人埋伏在视野不及的地方，等车子进入便道，就围攻上来，占道费 100 元，毫无讨价还价的余地。怪不得，路过的几辆车子里的人，都在向我们奋力挥手，让我们把车倒出去。看来，在这里吃过同样亏的车子不在少数。为了息事宁人，只好付钱逃离。不和谐的音符呀！再去的车子一定引以为戒！

在久治，听说中午 12 点一辆车子被甘肃的藏族人抢劫。因为走错路和下车拍照，放松警惕被搭讪，然后被七八个骑摩托的团伙洗劫一空。包括手机、相机、钱包、衣物，原本开心旅行的一家人身无分文落难于此。看来这个青海、甘肃、四川交界的地方治安还亟待改善，远道而来的人一定要提高警惕，切勿轻易进入乡道，防患未然！

我的甘南攻略历经无数次的斟酌。实在不愿忍痛割爱扎尕那，果断放弃青海湖和茶卡盐湖。路线经过多次修改，终于成就完美的旅途。亲爱的你们，带着你们的好心情来吧！大美甘南，会给你们不一样的丰盛。

去往年宝玉则。空气清澈，羊毛般的云朵挤满天空。辽阔草原张弛有度，绵延起伏，黑色牦牛散步斜坡。远方袅袅雾气，透出草原人家的绝世烟火。间或一条小溪蜿蜒而来，又扬长而去。视野疾驰。莫名生出稍纵即逝的怜惜。登上垭口，五色经幡豁然眼前。逆风飞扬，发出猎猎声响。玛尼堆环绕其中，寡言肃穆。如此云端世界，油然心生光芒。

前路遥遥，我们即将去往它的深处。藏匿的蓝色湖水，丰盈的起伏绿地，间杂湖畔的低矮灌木，织锦般散落的荼蘼野花，毫无管束的庞大牛群，不觉孤寡的峭立山峰。潮流和喧哗被远远拒之门外！瞬间被一种无法言述的空灵与纯净命中。深闺里的年宝玉则，让我无可救药地爱上。

一览无余的清澈湖水，声势惊人的蜂拥鱼群，络绎不绝，缤纷着剔透的仙女湖。苗壮的鳇鱼因为敬畏，而被赋予灵魂，因为爱护，而不被世俗惊扰，世代生息繁衍不止。

面容黝黑，身形矫健的果洛老乡，携带风霜，疾步而来。煨起桑烟，抛撒隆达，传递心愿。低垂的风马，在夏日澄澈的光里散发清辉。无限寂静，却又安定吉祥。

没有信念，没有目标，醉心于无所事事，湖边巨石略作小憩，在微风光影中沉溺。忘记一切，又与一切同在。

美是健康，爱是心得。静美的年宝玉则，我会想念你。

接下来的行程也许将再无期待与心动。不是因为风景的逊色，只是如织的人流拥挤着视线，无情淹没了大自然的美。我无法强迫自己深情融入，所以选择文字的疏远。

游历完五彩瑶池黄龙。穿越磅礴车流、浩瀚人海，来与九寨的山水相会。

细雨迷离，熄灭似火骄阳，空气瞬间清凉。绿树浩荡，盈盈翠意，铺满山峦。湖水妖娆，粼粼微波，散发浓郁光芒。瀑布顶端，水势狂野，奔腾而来又轰鸣而下。偶有好事树干，轻探至水中央，姿态秀美。云雾袅娜，萦绕山头，呈现出朦胧诗意。谷底溪涧，浓淡绿影，跌宕起伏，宛然在目。这个季节释放出所有的美，并用自己的芬芳将我们一一浸润。

蓝天白云如潮水退却。过去的那些天，如同空旷山谷一道隐约回音，震荡在内心深处。它们不会消失，它们只是在等待我慢慢吸收。

抵达成都，在文君楼住下。饱含古拙之气的回廊，精神奕奕的花草，线条洒落的枝叶，随便可以落座的桌椅，情意充沛，毫不显得疏远。

小小厅堂，一角书香妥帖安稳。布艺门帘禅意醒目，忍不住掀起，看到通往楼上的木质阶梯。接待的姑娘面容姣好，轻声细语，绝无敷衍。

房间朴素简洁。一幅水墨写意、整套的精巧瓷器、色泽艳丽的藤编沙发，身形玲珑的收纳盒，都成为恰到好处的缀饰，不寡淡亦不隆重，有令人心安的温和。

如此种种，皆为之愉悦。

见面喜欢，一切刚好。

市容老迈，但宽阔洁净，井然有序。太多的旅人，在这里短暂停歇，然后义无反顾地投身进藏的洪流。还有太多的旅人，经过拉萨的洗礼，凯旋而归，在这里重温俗世的安妥。所以，我眼里的成都，又是风尘仆仆令人敬畏的江湖。也许，明天之后的某一天，我也会从这里出发，开启艰辛的朝圣之旅。

置身宽窄巷，铺陈而来的是富庶的烟火气息。吃喝玩乐，有迹可循，顾客盈门，各得其所。

把眼睛微微掠起看往远处。三角梅大片簇拥着渲染门庭，蔷薇羞答答探出墙头，连同大门深锁的老宅，如此种种，都成为我眼中喜爱的风景。

雨声开始喧哗。随着人流缓缓离开。告别华丽市井，无喜无忧。我只是过客。

持续的雨带来清凉。在无边际的窗框里，看薄薄云层的侧影。仔细端详一株旺盛生长的绿植。在巧妙的转弯抹角里，看恰好的人流井然有序地来回。悉心品味长廊里的拙朴与艳俗。期待微小的喜悦如种子渐渐发芽。

还是文君楼。我们在成都逗留的栖息地。误打误撞到这里，获得静谧与存在，忘记时光短长。

后 记

这段旅途，已经成为一个有味道的记忆。

回去。卖力工作。用心生活。积攒路费。再度出发。

是的，对于那些未知的、不能抵达的地方，还要继续挤出时间去探访。

世界那么大，等我一一相会。

陕西行之甘泉大峡谷

少得可怜的假期，已经容不下我的恣意挥霍。计算一下距离和时间，念叨良久的陕西雨岔大峡谷，成为周末自驾出行的首选。孩子们 2018 年 8 月 3 日到家，8 月 10 日下午我们即刻启程。

三门峡出发，从平陆进入山西至陕西甘泉，行程如下：

山西的高速，鲜有车迹，比起连霍高速可以开得更放松，免去堵车的困扰。但是限速厉害，不能让你大胆踩油门。必须要狠狠地赞一下高德地图，准确细致，提示到位，应该能为我们此行节省出价格不菲的罚单。

阳光炽热，为避免昏昏欲睡的困扰，孩爸专门挤出半个小时的午休，再加上我们轮番和他对话交流，一路上还算兴致勃勃。孩爸谨遵每三个服务区休息的科学提示，及时放松休整。

行程逾半，已经离家 400 公里。游云布满空中，温度已经从家中的 39 摄氏度下降到 25 摄氏度，身心舒畅。

全家人出行的最大幸福就是不用互相牵挂可以随时打趣，温情与乐趣全在路上。所以，一路从容安然，不用心急火燎地赶路。晚上八九点钟，万家灯火升起，我们到达甘泉县城。临时预订了尚客优酒店的家庭房，条件一般，但有地下停车场可供停车。前台热情地提供了一个雨岔服务中心的咨询电话，晴天一个霹雳，居然告知雨岔大峡谷封闭了。我们面面相觑，随即哑然失笑。驱车400公里有备而来，难道我们只能不识"雨岔真面目"地扫兴而归吗？我可不相信自己的运气会这么差！罢，先吃饭去。

楼下拐角的烧烤店，传来此起彼伏的当地口音，恰好有甘泉特色腌猪肉，不假思索就此围坐。初尝还心存芥蒂，担心口味不合，再尝香味四溢，颇感渐入佳境，然后放心地大快朵颐。

回到酒店，已经10点多，我们重新商定明天的出行路线。我始终觉得雨岔封闭并不属实，因为刚刚有峡市的摄友从雨岔返回，怎么就突然封闭了呢？儿子在网上帮我找到两个雨岔向导的电话，其中之一能够直接看到不设防的微信朋友圈，就在前一天还有出行雨岔的记录，更让我坚信，我们此行不会泡汤，我也不会轻易改变行程。

第二天一大早，他们三个还没有睡醒，我就打通了夏向导的电话，夏师傅表示可以带我们进去，并且问明我们的住处，要亲自过来面谈。一个电话就柳暗花明了！

夏师傅过来，带来两个消息：一是雨岔今天确实无法进入，不是封闭，是因为修路，但如果早上6点前是可以进入的，等到下午恢复通行时出来即可，但我们明显错过了时机；二是他可以把我们带进甘泉大峡谷的活蛇沟，虽然名气逊色，但有与雨岔不相上下的地貌。不得不承认，夏师傅的确是个有心人，如果当时他在电话里告诉我们这些，我们可能选择的就是放弃，毕竟活蛇沟名不见经传。但夏师傅亲自走了这一遭，我们看到的就是夏师傅的满满诚意，所以在模棱两可之间我们还是毫不犹豫地选择了追随。

其实，向导并不是夏师傅的主业，他另有其他的生意。只是他看到了甘泉大峡谷开发中的商机，副业客串向导。另外，峡谷附近的自家小院，他已经动工在筹划着"吃、住、玩"一条龙的农家乐。在与孩爸的交流中，我多次表示了对夏师傅的赞赏，脑子活，不怕吃苦，这样的人无论做什么应该都不会差。如果你恰好想要与雨岔有一场艳遇，恰好也需要一个靠谱的向导完美自己的行程，不妨一试。

　　我们的车被夏师傅安排暂停在高速路口的单位里，坐着他的车前往活蛇沟。一路植被丰富异常，树木繁盛遍布山野，完全颠覆了我们对黄土高坡的荒凉印象。

　　一个多小时的车程，转弯再转弯，颠簸得快要失去信心，终于到达目的地。我们要沿着一条踪迹并不明显的羊肠小道下到山底。山势忽而陡峭，需要谨小慎微。捡拾路边的木棍作为拐杖，感觉下山的路途少些煎熬。随着渐入谷底，蜂拥的暑气骤然消散。

　　峡谷林木昌盛，遮天蔽日。天空湛蓝，清澈如洗，游云如影随形。两边巨石林立，茸茸青苔渲染其上。想要赶在阳光正好之时，到达一线天。但脚下湿滑，在此间疾步穿行，还不能掉以轻心。

　　眼前美景不忍遗漏，总是落在队伍后面一拍再拍。被屡屡催促通牒，生怕一线天的五彩光影就此错过。

　　跌跌撞撞到达，路途接近凶险。一座简陋的孤桥，只容单人经过，桥下河水泛滥。临时搭建的铁梯，突兀竖立，狭窄到只能单向通行。这是前往一线天的唯一通道。洞口同时站立两人，已显过度熙攘。我们只能在下面依次等待。

　　轮到我上去一睹芳容。小心翼翼挤到洞口，深不可测的混沌水面，漂浮几根粗细迥异的木头，据说只有一根固定的木头，可以让你踩踏通过，所以，必须小心试探。站稳脚跟，才敢放下心来仔细端详。裹挟在巨石之间顾盼，视野局促，但身临其境，那份壮观还是轻易而深刻地震撼到我。亿万年前的地震将黄土大山分开成的裂缝，经过几百年的雨水冲刷切割，或凹凸不平，或线条流畅，或匠心成完美弧线，如波浪般在身边缓缓划过。

洞内并不深邃，但每前进一步，都需要把拍照的手机装进背包中，因为必须手脚并用。即便环境如此窘迫，也无法阻止我一探究竟的痴情。直至进入最深处，抬头仰望，洞口的日光已经接近尾声，但照射进来，变幻出迤逦的色彩，绚烂夺目。

地势太过险要，我们四人，唯有我深入一线天腹地，拍下这远离人烟的绝世美景。我和孩爸互相拍下彼此对这份美好的探求。

得天独厚的地质地貌成全了大自然的鬼斧神工，初见惊艳，又见倾心，不由得令我们称赞叫绝。

请你们相信，来一次定会让我们过目不忘。

陕西行之靖边波浪谷

　　山洞里需要阳光助阵，才能尽情饱览岩石色彩的多端变幻。过了正午的阳光，闯进洞里看到的景色只会大打折扣。所以，被夏师傅敦促着一路小跑，才有幸领略到一线天的瑰丽。强烈建议，一定要赶在中午1点左右进洞，光线充沛，既能一饱眼福，还能拍出夺目的照片。另外，山谷里风云变幻，转眼可能就是一场疾风骤雨，所以，一定要密切关注天气变化。严重提醒，乌云压顶必须果断放弃，绝不能贸然进山，因为在谷底如遇山洪，真的是无路可逃（曾经有过真实案例），何况即便入洞，也看不到耐人寻味的景象。

　　不得不说，我们的运气不错。返回途中，小雨微袭，仅仅淅淅沥沥，没有大碍。饭店里坐定，屋外暴雨突击，倾盆而至。安下心来品尝甘泉豆腐，饸饹面，虽然简陋，也属于当地特色，饭毕雨休。

　　时间尚早，经夏师傅推荐，我们临时决定去往200公里之外的靖边波浪谷。夏师傅果然是头脑灵活，与靖边当地保持互惠互利的往来。他负责输送雨岔的资源游览靖边，同时接待靖边过来的游客。我们没有做过靖边的攻略，按照夏师傅提供的电话号码，毫不费力就订下靖边的食宿，而且在波浪谷景区内，游览起来更加方便。

说话间，夏师傅轻描淡写地告知，要带我们去看看甘泉千年银杏树。到达之后看门口的牌子，才知是在甘泉县众宝寺院内。院门口是整块的田地，硕大的向日葵迎风招摇。院内清幽，并无旺盛的香火，大片格桑花开得醒目。觅不到人迹，唯有银杏树上的红色祈福标识历历在目。千年银杏枝叶繁茂，根形壮阔，目测五六人合围方能环抱。短暂亲近，安静祥和气息油然。说来也怪，儿子连续几个小时一直在查询自己的雅思成绩，焦灼无果。在这里，突然就获得了雅思成绩通过的喜讯。孩爸调侃说，夏师傅友情赠送的景点，还真是一块风水宝地！

夏师傅目送我们驶上高速，相约甘泉的缘分日后再续。继续依赖高德地图的指引，直奔靖边。

一路顺畅，抵达靖边。我们特意预订了家庭土炕，重温四口人住一起的时光。第一次住大型土炕是在陕西袁家村，第二次在新疆琼库什台，算上我带两娃那一年的东北雪乡穿越，应该是第四次，但是这次120元一间的低廉价格实在让我们优越到不可置信。安顿下来，不过6点多钟，我们立刻前往距离住处最近的B区参观。

这里地貌比较平缓，风蚀雨剥掉地面的黄沙，裸露出棕红色丹霞地貌，有的像大海的波浪，有的像人工雕塑，给人一种雄浑苍凉之美。乍见，还是小有震撼。继续往深处走，遇到把门的乡亲，要收取1元的门票。其实目前波浪谷三个景区都没有门票，只需要交纳10元停车费即可参观。一边诧异，一边付款。等到我们进去完整走一遭时，方才觉得这1元的门票实在是物超所值。层层叠叠的地形，有张有弛，酷似水的波浪，而波浪又如同指纹一样镌刻在大地上，给人一种惊讶的感受。更为欣然的是，我们不只可以远观，更可以亵玩。踏浪而行，如同在时光的纹路上游走，天地之大，唯我渺小的敬畏感油然而生。

夕阳泼洒余晖，被晕红的天空衬托得无比美艳，我们在此间徜徉，意犹未尽。

晚餐不曾亏待，清炖土鸡，红烧鱼块，餐后一壶清茶。邂逅郑州老乡，交流游玩心得，凉风习习，畅谈至深夜。

第二天游览 A 区，经由人工栈道，在自然形成的沟壑中穿梭。沿路奇峰罗列，怪石嶙峋，皆收容眼底。

A 区的一线天是此间的至尊精华，它是山上的雨水经过长期的冲刷，在沟底的红砂岩中形成的一条狭长缝隙。缝隙宽阔处也不过能容两人并排，而狭窄之处只能勉强容纳一个人侧身通过。大家需要保持良好的秩序，依次单向进出。凹凸不平、高低起伏的两侧石壁，呈现出沧桑的美感。我和孩爸不辞艰难，跋涉进入，感慨不虚此行。

阳光太过热情，孩子们坚持坐船返回。僵持不过，我和孩爸尾随其后，每人 50 元的船费略有不值，但偷懒总是要付出点代价。

驱车前往 C 区的水上丹霞，没有看到什么过人之处，随手拍下两幅图，结束靖边行程。

夕阳在山脊间起伏，时而隐没，时而升起。踩着夕阳归家，车内嘈杂的轻嚷一度令我沉醉。没有虚度的周末两日，再加上偷来的半天，奔波 1200 公里，如愿以偿与远方的风景相会。而他们的陪伴，最为锦上添花。

穿越挂壁路　拾春穿底村

2019 年清明小长假，春和景明，丽光暖阳，一反常态地未见"雨纷纷"。值班一天，剩下的两天无论如何不能虚度。在方圆三百公里以内的线路中挑挑拣拣，踌躇不定，临时决计探探山西穿底的挂壁公路。430 多公里的路程，原本是一个 3 天的自驾线路，我们姑且长驱直入地走一遭。

驶入山西，高速两旁被树掩映，彰显人工移种的秩序，冒着一簇簇茸茸的绿，让心痒痒得停不下来。阳光柔和，树叶矫健地在风中婆娑，天空在树叶的间隙中蔚蓝如洗。山西的高速，车子意料之中地少，一路上由高德保驾护航，免去超速的困扰。蔓延的绿，飘散的云，起伏的山，还有梦不到的远方，一切都刚刚好。

在高速上不能拍照，眼睛便忙不过来，贪婪地想收留春天里的所有美貌。再往山里走，花季微迟。橙黄的连翘星星点点，与粉红的山桃花交相辉映，仿佛经过商量一般，花开满山，红黄相间，温婉动人，楚楚留香。这样的景致，总是在我们完全没有提防的时候突然出现。于是芳菲十里，一路上是迫切的心满意足。

风景在路上，果然。

车子在盘山路上周旋，渐渐驶入山谷。两侧山高而峻，不见多少峰峦，如削成的一座大围屏。大片暗淡的悬崖，还未染遍绿色，嶙嶙峋峋地突兀着。高峰越盛，低谷越深，峭壁悬崖，万丈深渊。壁立千仞，鬼斧神工，险峻的山崖采得神韵，神出鬼没，从天而降，让你防不胜防。挂壁公路就是在这样的悬崖峭壁上开凿而出。为了施工方便和利用自然光照明，挂壁公路多贴壁而凿，相隔10余米开一侧窗。从窗户探出去，山峰林立，草木繁盛，风景涌现。从远处望去，这一线侧窗勾勒出隧洞的走向。

侥幸停了车，在挂壁公路上徒步留恋。身临其境，更加惊叹古人的巧夺天工，敬畏之感油然而生。车子继续蜿蜒，一路带着我们往下走，去和窄底村相遇。这是我们今天的目的地。

山脚下一座小小的村落，疏疏散散、遮遮掩掩的人家，静透了。一眼就看见那汪汪的湖水和屏风般的青山，直有一股爽气扑到脸上。山村小街拥挤却无喧嚣，阡陌遍绿，清流时隐时现，间或几棵梨树，开出满树重重叠叠的粉白花朵，如云霞绵延，十分芳香。

随意走进一家小院，还有一间闲房，干净整洁，60元的超低价格令人惊喜。不用防备点菜挨宰，三菜一汤一小吃，配几口小酒，再添些言语的作料，晚餐好一番情深意盛。

夜色将空气染黑。群山变成一只只巨兽的影子，埋伏在四周。我们闯入黑暗，徒步消食。如此，一天丰富地过完。

被晨光唤醒。烧水，泡茶，备好路途需要的热水。阳光斜斜的一束，透过房檐射进来，普通的早餐，让人细嚼慢咽出明媚的味道。否决掉游玩神龙湾景区的计划，是因为我们更想在村子里四处游走。

窗外正是风和日丽明媚如洗的四月早晨。青草急着长高，树木慌着变绿，花儿争着吐芳，三春之景，绚烂已极。山笼着一层青色的薄雾，在水面映着参差的模糊影子。云雾在身旁开开合合，水光微微地暗淡，轻风吹出一两缕波纹，又随即平静。空气中散发泥土和植物的芳香，尽可以从容自在地呼吸，不用张望躲闪。在这儿走山路，虽然只是窄窄的小道，蜿蜒曲折，路上零星几人，走起来却不见寂寞。呼吸草木间，边走边徘徊，避免了一路高潮，让人喘不过气。

和谐的一片美丽世界。时光与我们，一起安静下来。

慢条斯理地启程。再次经过挂壁公路，在月亮桥旁短暂停留，还想留下些什么。充满悬念的经历，也不知道以后会记得多少，所以，每一张照片都不多余，正如每一个瞬间都不会多余。

转过一个弯又一个弯，半山坡上野桃树密密地低低地整列着，在风里妩媚地笑，香味仿佛淡得没了影儿。满山的桃花，层层叠叠如千军万马般涌现，只为一次无憾的春天。

山林朗润，等闲春已经过了三分之二，很快就会接近阑珊。常常总觉得会发生些什么，可是，等到春天过去，又觉得仿佛错过了什么。所以，珍惜自然的馈赠，无论是如火如荼的抑或是姹紫嫣红的。

阳光普照，一切结束得自然而然。

在这片醉人的春光里，不说别离。

"五一"小假山西游

不得不承认，越来越多的人开始越来越珍惜每一个假日，无不竭尽所能绞尽脑汁呕心沥血想方设法地满足自己游历山水的愿望。然而，四处涌动的人潮防不胜防地就让出行的愉悦成为一种可望而不可即的奢侈。不愿舍弃假日的诱惑，又不能避开人流的拥挤，于是乎不绝于耳的叫屈抱怨之声油然而生。所以一直以来，对于黄金周的出行总是身不由己地心生恐惧。然而，2009年的"五一"之行，却让心存怵念的我们在漫不经心中顾盼出别样的秀色。心灵慰藉之时，最想感谢最应该感谢的便是橘子和无为同学，是他们匠心出一条两全其美的线路，让醉心于出行的我们为之欣喜惬意。

5月1日早晨7点，天空透出模糊的晴朗。大家在体育馆门口聚齐，奔赴与山西的约会。沿运三高速前行。阳光跌跌撞撞地出来，让我们揣测天公不作美的担心成为多余。

11点多顺利抵达此行的第一站——张壁古堡。张壁古堡位于绵山北麓介休东南10公里的张壁村。它集军事防御、民俗民居于一体，是保存最为完整的古代建筑群和军事防御体系。堡内砖叠石砌，堡外三面环沟，庭院珠联璧合，暗道曲折通幽。北堡门筑有瓮城，南堡门用石块砌成，古堡地下遍布地道，与堡内四通八达。地道为三层立体，土结构，弯曲迷离，道内留存有气孔，通于沟堑外，内有放置油灯的地方，喂养牲畜的土槽，容人栖身的土洞，存粮的洞穴，真是"麻雀虽小，五脏俱全"。油然地使你缅想着古昔，异样装束的队伍，打着异样的旗帜，拿着异样的武器，汹汹涌涌地进来，远远仿佛还有经久不息的嘶鸣。

而街道两侧典雅的店铺和古朴的民居，突然就风雅含蓄起来，连同几座琉璃覆顶的庙宇，分散点缀在堡内，金碧辉煌，还颇有些泱泱大风。堡内还有两棵奇异的大树，名曰槐抱柳，它的奇妙之处，是槐树已经有700多年的寿命，而柳树只有80多岁的树龄。两树偎依，演绎出生生不息缠绵排恻的情趣。

在这里，我们有幸被堡内一位资深小导游引领，她讲解得细致入微，且绘声绘色，非常引人入胜。想到几十公里之外的绵山正如火如荼地接纳着如织的游人，而我们却可以自由自在地闲庭信步，不由得内心一阵欢喜。

游览完张壁古堡，大家已经饥肠辘辘，驱车介休打点午餐。席间的凉拌剔尖是本地的特色，貌似凉粉，但比凉粉更筋道，加上诱人的油辣椒，还真吃出点回味的感觉。

填饱肚子，沿介休—柳林—吕梁至林县，一路稀有好的路段，再加上车子的小小故障，颠簸着到达碛口古镇已经晚上将近10点。

空气寂静，半圆的月亮精神抖擞，闪烁的群星兀自灿烂，夜空呈现一种不可掩的妩媚。在朦胧的夜色里，看不出眉目的黄河水苍然蜿蜒，缓慢地伸向远方，酝酿出缕缕幽幽的古味。远处略有淡灯摇曳，两三个零落的影子，歪歪斜斜地前后挪移。古镇就如此暗含华丽又姿态朴素地立在这里。

借着月色，很容易就找到先前预订的黄河宾馆，门前熙攘的车辆流露出生意的火爆。虽然下榻之处稍显简陋，但主人能为我们预留了房间，晚到的我们还是心存庆幸和感激。晚饭安排在黄河宾馆的餐厅，目睹了墙壁上满挂的"文化大革命"时期的招贴画，很是怀旧。饱饭后简短地散步，回房间睡觉已经将近零点，整个大院窑洞的窗棂里散出温暖的灯光。

早晨起来，醒目地触到古镇的角角落落。细细品味了前晚的住处，黄河宾馆四层高的窑洞，上一层的窑洞几乎就是建在下一层的屋顶上，颇具特色。沿着拐角的楼梯向上，可以鸟瞰古镇的全貌，早有扛着长枪短炮的摄影爱好者占据了有利地势，捕捉古镇晨曦的精彩。远眺前方，混浊的黄河目中无人地拐了一个大弯，曲折地向南奔腾而去。依山而建的村落错落有致，小巷古街，渐行渐高，沿着山坡上的小道走街串巷，感受到的是令人舒心的恬静。

山顶最高处的黑龙庙是绝不能不去的。这是村里保存完好的一处古迹，是碛口古镇的标志性建筑，庙里的戏台有一绝，就是扩音效果非常好，有着山西唱戏、陕西听的美誉。

镇内留恋了半晌，我们驱车李家山。太阳一刻也不曾收敛它的光芒，我们只好顶着烈日，沿着小路向上爬。大约30分钟的光景，眼前展现出一幅恬静的小村落景象，遥遥对着一排高低不定的青峦，心一下子就静了下来。绕行小村子，无论窑洞还是四合院，都是家家相通，户户相连。而且村子一边是房屋一边是深沟险壑的奇特建筑，更是令人称奇。这样一个黄土高原上的小村落，居然如此整齐纯净，真的仿佛世外桃源。

从李家村下来，直奔西湾。大多在镇上发财的财主，都选择在西湾盖房子，所以老宅子大多古香古色，佐有精美的石雕、砖雕遗迹，无一不显出巧妙的匠意，似乎还能够寻着一丝繁华的余味。

告别碛口，突然发觉古镇及周边的村落，居然可以如此自由地出入，而不需要购买任何门票。再次慨叹这里弥足珍贵的安宁。

夜宿霍州。5月3日早临时决定参观位于市区的霍州署。它是我国现存唯一较完整的古代州级衙门，与北京故宫博物院、河北保定直隶总督署、河南内乡县衙构成了由中央到地方的官文化系列。在这里，我们又遇到了一位叫芦芳的出色导游，声情并茂的讲解，给我们留下了很深的印象。

之后，我们到达山西之行的最后一站——师家沟。师家沟位于汾西县城5公里处，是一处可与名扬三晋的王家、乔家大院相媲美的晋商民俗建筑群。放眼望去，整个建筑群与山势自然衔接，交融一体，层楼叠院，鳞次栉比。但走近端详，刚下车来远远眺望时那一股兴奋就冷却下去了。破败的门庭、残废的垣瓦、久无人住的霉气，随处显现的荒凉，让人顿感沧桑。虽然年久失修却依然宽阔的屋舍以及栋梁、照壁、匾额、门罩等随处可见的雕刻痕迹，更让我们心生遗憾。这实在是一个值得纪念的地方，但却被无情地荒芜了。其间领略了一名姚姓老人的讲解，博才多学，堪称民间艺人的典范。作别了师家沟，像是结束了一口悠长的叹息。

3天的山西之行倏忽而过。心有不甘的我们同山西诚恳地约了再会。再会吧！

中秋自驾红豆杉大峡谷

时间：2010 年 9 月 22 日至 23 日

地点：山西陵川红豆杉大峡谷、白陉古道景区

行程：全程 700 余公里。连霍高速 132 公里出口下，进入二广高速，行程 90 公里，在太原 / 长治出口下进入长晋高速，然后在晋城 / 陵川出口下，在 332 省道向左转，行程 50 多公里后在 331 省道向右转，进入陵川县马圪当乡（双底村所在地）。

天空阴晦，秋天在猝不及防中到来。逼人的凉气，丝毫没能影响风雨无阻的约定。22 日早晨 7 点，张张笑脸准时聚齐。

陌生的行程，因为志同道合的信念而热闹非凡。8 位成人，两个孩子，共计 10 人分乘两辆车沿连霍高速前行。先前就做好的路书连同 GPS 的准确指引，使此番的路程畅通无碍。

连霍高速的拥挤仍同往日。而进入其他路段的高速，路况惊人地好，只能看见偶尔疾驰的车辆，绝没有连霍高速的熙熙攘攘。即便进入省道，路面也依旧平展宽阔，令我们不自主地庆幸愉悦。

越行越远。山野的气息亦越浓越烈。天空湛蓝,纤尘不染,澄净如洗。团团白云,缀满天边,伸手可触。梯田深深浅浅,层层叠叠,错落有致。连山横卧天际,浓浓淡淡,一无遮拦。

阳光散散漫漫地出来。闲云瞬息万变地排比出一幅幅美妙构图,山的棱线清晰明亮,毫无做作地分割着天空,良田沃土眉清目秀,大自然井井有序地裸呈出它的祥和面目。

这样的视野,欣然免却迢迢路途的枯燥。

从攻略中得知,我们前往的景区位于陵川县古郊、马圪当两乡辖区内。所以,临行前就草率地将目的地定为古郊乡。临近中午,抵达古郊乡,却怎么也问不到双底村(双底村是我们即将下榻的地方),顺畅的路程陡然有了悬念。但却意外地被告知前方几公里处就是著名的王莽岭景区。既然误打误撞至此,姑且略作停留。先到古郊乡政府所在地解决午饭。我们无意中选择的姐妹饭店(乡政府对面)位置醒目,方便停车,菜味可口,价格公道,值得推荐。午饭后兴冲冲直奔王莽岭,但景区的冷落以及售票员恶劣的态度(80元的门票外加50元的索道,还不容得丝毫的讨价还价),让大家的心情大打折扣。我们决定只在大门外拍照留念,也算是到此一游。

原路返回,艰难回到前往双底村的岔路口,重新定位,大约一个半小时的行程,3:30左右抵达真正的目的地。很方便地找到干净的农家,敲定好一夜三餐的价格,每人25元(孩子免单)。此农家名曰"别墅山庄",由相貌朴实的夫妇俩经营,介于红豆杉大峡谷、白陉古道两个景区的中间,位置优越。最重要的是房间整洁,饭菜可口,赢得了我们的认可。安排完毕,我们就近前往红豆杉大峡谷。

想必瑟瑟的秋天也有怜香惜玉的情怀,所以未曾过早侵袭山中旺盛的生命。高高矮矮的树木葱茏依旧,屏风般的山容仍如夏日般年轻,间或一簇两簇三朵五朵的花儿伶仃绽放。一道清流曲折蜿蜒,不动声色地静静流淌。

随山势前行，防不胜防，一挂飞瀑已逼近眼前。奔涌而下的闪闪流光，晶莹而多芒地前呼后拥，飞花碎玉般地溅起溅落。道道银白色的狂颠，抖出缕缕白烟，发出铿锵动听的声响，瞬间坠入瀑下的青潭。那嶙峋的山涧，那飞泻的银瀑，如此浑然天成，无丝毫刀刻斧凿之痕迹，活脱脱缩微的虎口瀑布。

凝视着白沫的飞扬，静听着水声的澎湃，任飞舞的银花把衣襟沾湿，心灵大地霎时被织成另一番美丽风景。

同行的男人们，早已按捺不住水的诱惑，纷纷换上泳裤，毫无怯意地纵身跃入冰冷的潭中。瀑布下溪流迅疾，白沫翻卷，而他们忘情其中，鱼一般来来回回地游动。寂寞的潭水因为与他们的艳遇，应该甘愿在短暂的此刻显尽一生的风流吧！

可爱的孩子们，也全然不顾山里的凉意，肆无忌惮地涉入潺潺溪流中，尽情欢悦。长伴青山而迤逦的瀑布青潭就如此诚挚地招邀我们润泽其中。

6:15 返回农家，7 点左右晚宴正式开始。原本浅尝辄止的酒桌，随着打趣起哄和威逼利诱而高潮迭起。有酒量的来势汹汹，没酒量的不甘示弱，个个兴致勃发。难得浪迹山野的中秋节，大可不必处处拘泥。

月亮精神抖擞地出来。我们毅然撤掉饭席，在黑得彻底而踏实的夜色里散步。群山棱角分明，剪影般巍峨矗立。圆月顽强地穿越云层，固执地看守整夜。空气里弥漫尖锐的寒冷，呼吸着旷野的气息，我们放肆地分享足够的月光。一种胸无大志、自满自得的氛围居然如此浓烈地迎着月光吐艳……

赏月回来的双升竞技，也开展得如火如荼，似乎凌晨 2 点才结束势均力敌的战斗。

23 日 8 点吃完早饭，除滞留人员外，6 人小分队神清气爽地挺进白陉古道景区。进入白陉古道前的72拐，还着实给了我们一点脸色。曲折的山径，湮没于茅草、荆棘间，并且节节攀升，不由得令人气喘吁吁，汗流浃背。大约半小时的行程，豁然进入白陉古道。在山影和树影交掩着的崎岖道上阔步，尽可以从容自在地呼吸，不用张望躲闪。浓绿掩映的群山，重重叠叠，一个峰倚着一个峰的肩怀，峰峰耸翠。绕有雾霭的峰尖，旁若无人，直插天际。峻峭的山壁，鬼使神差地茂盛出簇簇白色的花朵，孤立无援却安详从容，摄人心魄。视觉一次又一次在层出不穷的高山低谷中流连，目不暇接。静静地便将人世间的繁美和萧索，抛诸脑后。然而一切生命仿佛又都在此间茁壮长大，我们就在如此淋漓的惬意中且走且等待未来的美景。原本三四个小时的行程，在我们神往倾心的行走中，两个多小时即告结束。

回到农家，时间尚早，又开始双升的战斗。参战者神色凝重，晚到的我们明显嗅到一些战火余烬的气味。果然战事升级，一些辛辣的言语喷薄而出，互不相让。隔岸观火的我们嬉戏调侃，缓和气氛。毕竟大家的友谊日渐坚刚，针锋不再相对，转眼谈笑风生。

午饭的面条吃得热火朝天。听从胡老板的建议，饭毕，前往距离此处5公里的水库闲游，当然更是为了了却爱水的男人们游泳的心愿。水库不大，水流略急，"禁止游泳"的招牌远远不能阻止跃跃欲试的心情。河水依旧冰冷，他们抛开杂念，无所顾忌地再次畅游。岸上的我们由衷地为冬泳健儿和未来的健儿喝彩助威。

回程意料之中地顺利，晚上8点安全抵峡。相信美好的中秋之旅会让此行的每一位朋友记住且回味。因为遥远的这里没有辜负我们痴情的投奔，吃喝玩乐一网打尽，浮躁悄然卸去，满载快乐而归，友谊亦日久弥坚。

自驾青要山

长久地蜗居斗室，满脑子都会生出纵横千里的遐想。总是渴望寡淡繁复的日子，能增添些山水的浸润。

网上搜到车友会的出行讯息——周六青要山自驾一日游。果断地报名。终于有了跟随车友们出行的第一次。

12辆车浩浩荡荡，秩序井然地驶向目的地。车内，女儿沉浸在喜欢的 EXO 里不能自拔，儿子正热血沸腾地被《火线三兄弟》的情节吸引，我和爱人相聊甚欢，一派融融。大约两个小时，车子就已经驶进山谷。

茂盛而毫无章法的植物铺满山峦，路与树婆娑的枝影虚实交错掩映。天蓝得不知所终，头顶肥大松软的白云如影随形。泛滥成灾的夏日白光瞬间被甩在了身后。让人感受到的是一种美的逼迫。不由得感慨，世间真正的美色，都熨帖着大地，潜伏在山谷。

4份手工面，1份土鸡蛋，1份山野菜，不紧不慢地打发掉午饭，开始进山。

一汪碧波豁然眼前，心里顿时蓬勃得静不下来。沿着曲折小径前行，野草随处蔓生，肥嫩的枝叶毫无管束，几乎将路面覆盖。各类树木盘根错节地在整面石壁上镶出气象万千的图案。一潭两潭的水轻易就把人拦下，由你随便姿纵嬉戏。更有按捺不住的游人，毫不理会来往的目光，旁若无人地赤身游泳。阳光和枝叶的阴影在我们脸上翩翩起舞，而我们就在池边的缓坐笑闹中消磨掉一长截的午后时光。的确，这里树叶会向你招手，石头会向你微笑，河水会向你问好，心情会随之荡漾。

后段的行程因为水的缺失而略显乏味。体力不支的儿子慢慢拖在人群的尾巴上。但在老爸老妈的鼓励下，还是能够奋力坚持。

下午4点，我们终于登上顶峰。随着零碎而短促的闪电，一场暴雨疾驰而来。风狂妄地吹着，风声如同呜咽，周遭一片冰冷。浑身湿透的我们瑟缩着抱成一团，经历着冰火两重天的洗礼。

雨势收敛，我们乘坐电瓶车下山，回到温暖的车上。

感谢山野的收容，让我们在七月的暑气里，吸足大自然醉心的气味。更怀念群峰之巅的那场疾风骤雨，连同风雨中的温情相拥，都会永久地定格在我们的记忆里。

不虚此行。

清明上河园之旅

时间：2010 年 5 月 22 日至 23 日

路线：三门峡—开封—郑州—三门峡

人员：全家四口

行程：640 公里

周六，等着孩子们上完早上的课，大约 12 点，我们全家就迫不及待地出发了。一路上孩子们雀跃不已，而我和晨也因为有 GPS 的全程陪同，免去了超速、走错路的困扰，精神也极度松懈。洛阳服务区稍作停留，养精蓄锐后继续。大约下午 4 点，依照 GPS 的指引，我们准确无误、轻松抵达清明上河园。

清明上河园是开封的一座大型历史文化主题公园，占地 600 亩，坐落在风景秀丽的龙亭湖西岸。它是依照北宋著名画家张择端的传世之作《清明上河图》为蓝本建造的。其中所反映的是中国北宋时期作为古都开封的社会生活、市井风情和城建格局。

停车场上一位慈眉善目长者的热情接待，让我们对此地顿生好感。

虽然时间略迟，距离 6 点的闭园已经没有了足够长的观园时间，但也因此而避开汹涌的人流，同时与如火的骄阳擦肩，还算是幸运吧！成人门票 80 元，1.4 米以下儿童免费，两个孩子都不足 1.4 米，侥幸免票。（此门票不含晚上演出，晚上演出门票最便宜 169 元，儿童 60 元）

园里的朝代氛围浓厚，所有的工作人员，无论售货、管理，甚至保洁都着宋代服饰，在宋代花园里叫卖、来往、穿梭，还真有点耳目一新的感觉。

4:20 有一场汴河大战，属于清明上河园的经典演出，我们很冲动地上了载人的小船，票价 10 元。事实证明，在岸边的任何方位都比坐船随意，四处晃动的小船，根本就不要指望它能长久地占据有利地势。战争倒很热火朝天，瞬间炮声轰鸣，硝烟弥漫，营造出浓烈的战乱气氛。很别扭地看完演出，脖子已经酸疼，船主划船让我们在湖里草草游览了一番，近距离观看了晚上演出的各类舞台、道具，略微弥补了一下船上观战的遗憾。

接下来，我们去看了蹴鞠场的足球表演。也许是因为天气炎热的缘故，也许是因为表演了一天懈怠的缘故，场上的年轻人一副松松散散、心不在焉的模样，演技大打折扣。

那边的斗鸡表演即将开赛。我们在主持人的叫嚣声中，率先领略了两只鸡的争斗。看似普通的两只鸡，被安置在争斗的舞台上，立刻面目狰狞起来，露出凶恶、犀利的本性，你死我活地厮杀，互不相让。随后 3 只鸡的争斗，为斗鸡表演增添了赌博的色彩，不少喜欢参与之人纷纷下注，希望有个好运。最后 1 号鸡以绝对的优势大获全胜，斗鸡表演在多数人的遗憾声中宣告结束。

接着跟随一支团队，目睹了王员外招婿的过程。抛绣球、选婿，假戏真做般地夫妻对拜，俨然宋时的真实场景。观望者甚众，颇具喜剧色彩的招亲，为游玩增添了些许的笑料。之后，两个孩子又凑到一简陋的道具旁，似懂非懂地欣赏了一场木偶剧。

然后，我们毫无目的地在园中徜徉。农家磨坊中凸显浓厚的乡土气息，晨与孩子们使出浑身解数推动石磨，故作劳碌状；水车园中四溅的水花，滚动的水车，吸引住了孩子，他们手脚并用地在此攀爬，不亦乐乎地戏水；蔬菜园中的蔬菜群雕造型逼真，孩子们兴致勃勃地与各色蔬菜合影。最后，我们来到东京夜市旁的娱乐场，这里是孩子们真正的乐园，他们在这里尽兴地玩耍笑闹，兴奋喜悦无遮无拦。

晚餐选择当然首推开封特色，灌汤小笼包、炒凉粉、杏仁茶、涮牛肚、鲤鱼背面，包子吃得很牵强，严重不推荐；鲤鱼背面味道一般，没有再次品尝的欲望；涮牛肚的味道却出乎意料地鲜美，晨与孩子都吃得有滋有味，接连上了两份，还有些意犹未尽。价格不算离谱，共计124元。

暮色四合。对晚上的《大宋·东京梦华》大型水上实景演出，我和孩子都没有太大的兴致，一家四口慢慢地溜达出园。

临时决定，开拔郑州。GPS又发挥出超群的威力，沿郑开大道前行，一个多小时就到达住宿的酒店。孩子们丝毫没有睡意，洗完澡后，晨与孩子欣赏了电影频道的动画片《四眼天鸡》，凌晨12点多才昏昏入睡。

酒店吃完早餐，孩爸继续在酒店休息，我带着两个孩子去商场。孩子们去游乐场玩，我购物。中午带着他们去吃KFC，下午2点准时出发，打道回府。

回来的路上，车里照旧欢乐一片，讲讲笑话，唱唱歌曲，聊聊闲话，服务区停顿休息，非常随意轻松。下午6:15安全到家，结束两天的快乐行程。

舒心而放松的两天就这样倏忽而过，真的感觉无比的幸福惬意。"只要我们能想到的，就会一一实现。"想起孩爸很久远的这句话，内心再次溢满甜蜜温馨。

安安的第一次长途经历——西峡

"五一"小假，为了躲避蜂拥的人流，经过再三斟酌，为安安计划了一次小行程。

时间：2010 年 5 月 1 日至 3 日

路线：三门峡—卢氏—西峡

景点：龙潭沟、五道幢、伏牛地下河

全程：520 公里

油耗：平均 8.9 升 / 公里，瞬间油耗一度控制在 6 升 / 公里

1 日下午 2:40 左右出发，虽然烈日炎炎，但安安还是给了我们别样的享受，又有同行者的说笑调侃，一路上大家都兴致勃勃。

大约下午 7:30，入住龙潭沟的农家乐，一刘姓老板已经等候我们多时，三层的独家别墅，一层作为餐厅，二、三层住宿，餐厅宽敞，房间也算干净，这令我们满意。门前停了两辆豫 M 的车，无疑，这里已经成为峡市游客的根据地。饥肠辘辘，狼吞虎咽地将七八个农家菜一扫而光。尤为推荐他家的玉米糁汤，我一气喝下数碗。酒足饭饱之后，我们大小

七人门庭信步，伴着习习的凉风，深感惬意。回来后，问好第二日的行程，首先龙潭沟，接着五道幢，然后再去宝天曼。

一夜无梦，睡眠质量超级地好，早上6点多便完全清醒。大家不约而同地起床，7:30就已经奔赴在去景区的路上了。从住的地方到龙潭沟大约15分钟的路程，我们的车就停在了原处。（事实证明，这是一个明智的决定，姑且不说停车费，单就最后的堵车事件就够劳神了）龙潭沟位于西峡双龙镇，成人门票45元，儿童门票25元，素有"龙潭名震中原，圣水滋润人间"的美誉。依山傍水，一瀑一潭，是个清爽的去处，但人工雕琢的痕迹太重，再伴以如织的游人，多少感觉到了一些索然。（所以，打心眼里不推荐去哦！）太阳火辣得出奇，在小粒儿如注的汗水和百般的抗议下，我们不得不妥协，11点多就回到刘宅。午餐后结账，早、中晚三餐再加每人住宿10元，老板还算诚恳，慷慨地给予了优惠，共计330元。之后，我们前往五道幢。

五道幢位于西峡县二郎坪乡，成人门票45元，儿童门票25元，从龙潭沟出来，大约8公里的路程，景区尤以"涧桥栈道""绝壁攀岩""空中飞降"著称。崖壁上雕凿的层层台阶昭示了工程的莫测，而别出心裁、独具匠心出来的娱乐项目又为景区平添了趣味色彩。谷底溪流潺潺，成为游客最宠爱的去处，吸引成片的人群与之亲密嬉戏。只要有水的地方，小粒儿几乎就没有不湿身的经历，这次也不例外，瞬间就已经处于2/3裸的状态。这里的石头坚硬不圆滑，赤脚踩上去，还颇有些难以忍受。我们就在这样的水中消磨掉一长截的午后。（此景区强力推荐！）景区出来，时间尚早，获悉宝天曼正处于维修改造时期，临时改往伏牛地下河。

西峡伏牛地下河景区位于西峡县城30公里，成人门票75元，儿童门票35元。乘皮筏艇进入，栩栩如生的钟乳石星罗棋布，洞内冬暖夏凉，常温18度左右。地下河水清澈见底，野鱼成群，深不可测。峡谷奇石、裂岩纵横，令游客浮想联翩，船楫拨动，水灯辉映，油然而生无限遐思。"迎宾大厅"气势雄浑，"蓬莱仙阁"浑然天成，"擎天玉柱"巍然耸立，"洞庭神佛"惟妙惟肖。有幸与当地百姓同乘一艇，不用再费心划船，也少走了若干弯路，只需放纵眼神欣赏洞内的大小景致，很怡然自得。（无论是否有所值，此景区大抵也可以走一遭的）

从这里出来，是走是留，有了悬念。最后下定决心，奔赴卢氏。电话联系，樱桃沟里的樱桃20日左右才能成熟，打消了去樱桃沟饕餮的念头。大约晚上8点到达五里川，下榻至此，房价依旧每位10元。晚餐是在镇上一家名气不浅的川菜馆，卢氏的山珍果然名不虚传，我们吃得很尽兴。晚上4人打牌于凌晨3:30，天昏地暗呀！

没有了固定的目标，3号的行程就随意了许多。走走停停，说说笑笑，悠然闲适。午餐品尝了灵宝的猪头宴，虽然不足够美味，但也吃得我们满面红光。

下午3:30左右安全抵峡，结束了3天的西峡之旅。第一次自驾长途旅游，安安乘坐得还是非常舒适的。赞一个！

游走阆中

住行篇

十几个小时的大巴行程，让原本兴冲冲的每一个人，都变得焦虑、郁闷。面对让人窒息的空气，面对狭窄逼仄的空间，几乎每个人都面如土色，目光明显呆滞。偶尔一两句笑话，也让人觉得生硬无趣。

视线伸向窗外。远处欣欣向荣的平畴绿野，充满生生不息的喜悦，将注视的目光染上缤纷的色彩。大片大片的油菜花，相互依偎，整齐地排列，挤挤挨挨的黄色花朵前呼后拥着竞相绽放，在风中自在地转着、舞着，形成丛丛美丽的缠绕，轻柔得令人迷惘。情绪被这盎然的春意挑逗，稍稍生动。

不远万里，辛苦跋涉。终于，我们来了，来赴阆中古城美丽的约会。

初来乍到，住处的安排很意外地有了悬念，居然处处客满，找不来容下30多人的住所。虽然不能说吃了闭门羹，但至少是给了个下马威。

几经周折，在分散安排的情况下，陆续驻扎妥当。看来与我们一样，盼望领略阆中风采愿望的人不在少数，所以下次必定事先做好攻略，以免在陌生的地方毫无方向地仓促奔波。但接下来与古城的亲密接触，冲淡了这略显失败之笔，大家的兴致重新葱茏。

吃喝篇

四川的小吃，早已名声在外。仿佛一天 24 小时，天南地北的客人都能在这里找到适合自己胃口的东西。我们大大小小 12 头俗驴，自然摆脱不了这种诱惑。在古城里漫无目的地行走，我们的目光矢志不渝地追逐着各类名目繁多的小吃。伤心凉粉、桂花汤圆、担担面、豆腐片、豆腐块、牛肉饼、清真饼、各类醋饮、冰虾、水果冰饮、草莓奶昔等，我们个个不落地一一品尝。但这充其量只是餐前的小点，正经的大餐当然更不能少。

为了满足在嘉陵江边品茶、吃饭的愿望，我们的午餐时间不得已延续到了下午。几经侦察，我们终于占据了江边的有利地势，可以看到顺从的江水不费吹灰之力地静静行走，往来的船只不息不止地吞吐着属于自己的忙碌，然后再一次心满意足地填饱各自的胃。一群懒惰的人吃得欢声四起，不知不觉又消磨掉一截长寂的午后。我们的快乐如同美妙的涟漪，在江面上扩大了一圈又一圈。

缓缓过江，观星楼上鸟瞰了古城的全貌，惊叹、拍照、吹风，又一段时间流走。回程，大家开始大肆地购物，有一种要把所有的特色一网打尽的气概。包装精美的张飞牛肉、诱人的阆州蒸馍、糯米糕、桂花糕、各式清真小饼还有做工稍显逊色的棕拖，都被大家悉数收入囊中。煮沸了欢乐与趣味，每个人脸上都面含错落的微笑。

"家福火锅"的名气经过渲染已经根深蒂固，大家心照不宣地定下了晚宴的主题。穿过夜色阑珊的街市，轻松抵达目的地。丰盛的午餐，似乎对大家的食欲没有丝毫的损耗。晚上的火锅依然热火朝天，明明胃里面吃得很撑了，嘴却还是不依不饶，弄得全身器官有了不团结的迹象，但满足的情绪却不管不顾地汹涌。

减肥，这个揪心的话题永远就从明天开始！

玩乐篇

在古城内外能有将近两天的停留，即便短暂，也必定会让我有足够的耐心端详。

看着眼前川流不息的美女和同样川流不息的小商小贩，以及他们脸上截然不同的表情，看着一桌桌的闲人，或老或少，一边七嘴八舌地聊天，一边轻车熟路地搓着麻将，旁边是一两盏热气腾腾的茶，看着他们沉迷在自己的喧嚣里，自在得惬意。不禁感叹：这实在是一个自由而包容的古城，可以任人随意挥霍，无论时光抑或心情。

随便进入某个惹眼不惹眼的小院，木椅、石桌、屏障、阁楼条理清晰，斯文有致，四壁盆景蔚然，根根细枝伸出，不疏也不密，可以恰到好处地过滤夏日的阳光。湿润的空气丝丝缕缕，伴着怀旧的件件木器，优雅生香的环境，不由得令人生出颐养天年的愿望。

过了午夜，这个古城丝毫没有睡意。街上人来人往，灯影辉煌。随处可见不张扬的精心，内心随意地就与欣喜触碰，小资如潮水，整个人不小心就被围困。

处处弥漫散漫闲适的气息，心情不自觉地松软下来，两天的时光就如此倏忽而过。

返峡途中，为了活跃车里的气氛，小粒儿被委任了节目主持人的职务。他一刻不停地在人群里穿针引线，制造快乐，认真而负责，生怕因为自己的半点闪失，而对不起所有人的热忱。

把事弄得过于隆重，却往往事与愿违。大人们的不甚配合，再加上故意发难的考验，将小粒儿搅得晕头转向，几近无助。我赶忙抬起眉梢给儿子一个安慰的眼神儿，小粒儿获救般重新投入百倍的激情，再次在人群里穿梭，终于软缠硬磨地俘获了人群，节目得以复活。

小粒儿的敬业精神还真的令人感动，当之无愧地赢得了一批粉丝。大家的捧场给足了小粒儿面子，顿时飘飘然，居然对漂亮小妹妹的崇拜也不屑一顾，没有丝毫怜香惜玉的绅士风范。在小粒儿的刁蛮憨态中，在大家借题发挥的喧闹中，成片的喜悦响彻假日的尾梢。

后　记

每一次旅途的经历，旅途的风光，对我来说，都是滋补那些日出而作日落而息的寡淡日子的良药，很容易让我前嫌尽弃，心口为之甘甜。

那么就这样吧，将每一次行走，折叠成我记忆里的珍爱，一一收藏。连同一起行走的大家，让我们互相记住，彼此祝福。

同时，感谢大家对小粒儿的厚爱，让我知道他是健康的、幸福的、快乐的。

驴行太行山大峡谷

2007 年 8 月 17 日

突如其来的工作任务为原本轻松的出行蒙上匆促的色彩。为了不辜负对粒儿的承诺，只能将一切的琐碎抛在脑后，毅然出行。从单位出来，已经是下午 6:15，简单收拾，终于在 7 点前赶到山风。看到凌乱的背包已经被落叶松打理得井井有序，静靠一隅，安然等待主人的到来，一下午的焦躁顿时被冲散，心情瞬间安宁下来。

小粒儿显然是兴奋的。因为这次出行对于刚刚 6 岁的小粒儿确实有太多的第一次：第一次与妈妈驴行，第一次在车上夜行，第一次有这么多的人同行。抑制不住喜悦，小粒儿不停地围着大巴车上上下下，还不时地坐在司机的位置上装模作样一番。不知什么时候，粒儿又在副驾的位置上攀爬起来，突然一声惨叫，是粒儿从座位上跌落，几个身手敏捷的驴子急忙将粒儿扶起，竞相安抚起来。幸好只是头上碰个包，别无大碍，赶紧带着粒儿到附近的小店讨点香油抹在伤处，粒儿的哭声也慢慢歇下来。对于好动的粒儿，发生这样的事情实在不属意外，所以出行之初就让他吃点小苦头倒不失为一件好事，或许可以稍稍扼制一下他的淘气。如此安慰自己后，沮丧的心情又明亮了许多。

　　大约 7:45，车子缓缓出发。在落叶松的引导下，每个人都作了自我介绍，而我也如愿以偿地认识了从前在网上已经熟稔于心的冬天与蓝可儿。冬天姐姐的摄影技术令我暗自仰慕了很久，她的许多照片极具震撼力，总是给人一种望尘莫及的感觉。而蓝可儿是属于那种极富热情，极具感召，周到细心的人物，活泼奔放的性格，让人非常喜欢。车子里的气氛渐渐活跃，大家由陌生而变得热络，拉开快乐驴行的序幕。

　　经历了无数颠簸之后，终于在凌晨 3 点抵达目的地。走出车子，一股苍翠的味道扑鼻而来，伴着泥土的芬芳，让惺忪的我们睡意全无。五颜六色大大小小的帐篷安静而生动，点缀着空旷的山谷，满目生辉。找到我们的地盘，安营扎寨。小粒儿此刻也从睡梦中清醒过来，新鲜地问这问那，忙乱中我也来不及一一回复。一切就绪之后，总算可以和小粒儿舒舒服服地躺在帐篷里说话，问起小粒儿的感受，回答：还不错！是呀，无论怎样，这顶帐篷终于有了用武之地，不再是摆在逼仄客厅供粒儿过瘾的道具。在与粒儿断断续续的交流中，悄然入梦。

2007 年 8 月 18 日

　　天空渐渐明亮起来，带着湿润和模糊的晴朗，泥土和露水散发出不会枯萎的清香，远处的湖水不动声色，迎接着四方的驴们，眼前晃动的人群，是一张张略显疲惫但生机勃发的面孔。看到冬天姐姐背着相机正闲庭信步，想必已经捕捉到了山谷里晨曦的精彩。洗漱完毕，开始打点早餐。走得太匆忙，几乎没有准备什么有营养的食品，只能煮点方便面，不过这却正合小粒儿的胃口。在家里，虽然方便面被列为禁品，但是总也屡禁不止，倒成了粒儿的最爱。填饱肚子，小粒儿飞出帐篷，在营地里游逛起来。

8点左右，落叶松招呼大家整装待发，参加完一个简短的开幕式之后，开始游览本次太行之行的第一个景点——王相岩。远远望去，山上层层叠叠的林木葱茏挺拔，形状各异的树叶，脉络清晰，风情尽展，在夏日的尾梢盛放最后的张扬。温软的阳光穿过枝叶，在脸上灿烂地跳跃，没有丝毫的灼热，大朵大朵白色的云，在风中自在地行走，融入其中，确实清爽怡人。前面那段上山的路程几乎没有什么悬念，稍有起伏的普通台阶，只需拾级而上，便能体会登高的快感；中间的路程，陡峭而狭窄，绕着天梯盘旋而上，较有味道；后面的路程犹如林荫道上的漫步，倍感惬意。小粒儿满脸陶醉，和我一起，始终走在队伍的最前列。说实话，走这样的路程，对于一气可以上下南山四个来回的我来说，应该不是一件困难的事，但粒儿仅仅是个孩子，能有如此出色的表现，确实令我欣慰。表扬一下吧！

午餐是在就近的农家饭馆解决的，接着就向第二个景点——桃花谷进发。也许真的太累了，小粒儿一上车就酣睡不已，到达桃花谷口的时候，睡意正浓，竟然哭哭啼啼不肯下车，好说歹说下了车，居然赖在我的背上。还是河里的水解了围，小粒儿玩了一会儿水便彻底清醒了，很快恢复到上午爬山的状态，重新兴奋起来。谷里的地势算是险要，崖壁上开出一条狭长的小道，在高的地方凭栏，会有微微的晕眩；山水清澈透明，水底的沙石一览无余；阳光如影随形，从峡谷之间倾泻下来，充沛而含蓄；三三两两的瀑布将人的情绪撩拨到极致，心旷神怡。山谷因为水的映衬灵动了许多，忍不住让人想要与之亲密接触。一路有水的陪伴，小粒儿的行程也愈加妙趣横生。

走出桃花谷，时间尚早，冬天姐姐在路边小憩，正与洛阳的驴子商议去太极冰洞的事宜。小粒儿听说有车可坐，来了情绪，表示愿意同行。与面包车司机讲好价格，我们一行六人便向冰洞进发。爬了若干乏味台阶，走了若干崎岖山道，打了若干次退堂鼓，终于还是看到了传说中的冰洞。居然不能入内，只能隔着破败不堪的木门，搜寻冰的影子。庆幸的是，还真的觅到了冰的芳踪，个头很大，数量很少，面容很脏，丝毫没有想象中冰的洁白，但确实寒气逼人，丝丝凉意沁人心脾。下山的路上，本来计划让小粒儿体验一下坐滑道的风驰电掣，但终因小粒儿的胆怯搁浅了，小粒儿只能同大家一道原路返回。为小粒儿的坚持、勇气与毅力喝彩！

6:30 左右到达营地，简单的晚餐之后，与各路驴子会聚到广场参加驴友晚会。小粒儿居然对这种嘈杂、热烈的场面极为排斥，强烈要求回营。在营地附近的民间篝火现场逗留片刻，我们便迫不及待地扎进帐篷，卸下满身的困顿，甜甜入梦。

2007 年 8 月 19 日

呼吸，放肆地呼吸。远离穿越不息的大街，避开尾气和灰尘的包裹，对幽静山谷的清新作最后的体味。美丽就是如此简单！

回程的红旗渠之行，满足了大家的一种忆苦情结；车上的儿歌演唱会，激发了大家的童心回放；首次担任小主持人的粒儿，时而彬彬有礼，时而刁蛮失态，时而满面含羞，时而理直气壮，引来笑声阵阵。愉快的太行之旅，在欢乐的气氛中画上圆满的句号。

后 记

短短的两天之行，让我生出太多的感慨。感谢落叶松，尽显驴头风

120

范，给予了我和小粒儿许多的照顾；感谢各位一起出行的朋友，给了小粒儿担当主持人的机会，这种体验也许会使小粒儿终身受益；最后还要感谢小粒儿，因为粒儿在长途跋涉中的出色表现，让妈妈油然生出些许的自豪感和成就感，同时也给了妈妈更多的自信与生活得更好的勇气。

虽然这段行走已经过去，但相信这段经历绝不会轻易退却，它会明媚在我的记忆里，直至将来，直至永远。

山东海之旅
——一次五味俱全的出行

　　期盼许久的海边之旅终于成行。经过十几个小时的颠簸，我们终于抵达海边之行的第一站——青岛金沙滩海岸，看到了久违的大海。如果说 15 年前，我第一次看到大海，感受到的是大海的博大、宽广、包容、深沉，而这次感受到的是由衷的喜悦，因为它带给了千里迢迢、不远万里来看它的母亲与孩子们实实在在的快乐。他们热情洋溢，尽情与海水嬉戏，任随浪花汹涌，波涛拍岸。显然，路途的劳顿，晕车的不适，已经在看到大海的瞬间烟消云散。

　　海边的阳光辛辣强烈，无遮拦地倾泻下来，灼烧着每一寸肌肤。孩子们堆沙子、游泳、捡拾贝壳，不知疲倦地玩耍嬉戏，尽情享受与大海的第一次亲密接触，心情愉快欢畅。我的目光穿越喧嚣的人群，不停追随着张张熟悉的笑脸。突然觉得，路途的辛苦与劳累是多么的有意义！它换来母亲的愉悦，孩子的惊喜，以及平淡生活的另种新鲜体验。这应该就是此行我所有的幸福吧！

比起金沙滩的熙攘，银沙滩明显安静了许多。金沙滩浓厚的商业气氛平添了它的几分功利，而银沙滩的平和则成就了它的安详妩媚。海水湛蓝清澈，沙子温软细腻，浪花也不那么桀骜不羁，只是微微卷起千堆雪，更惹人爱怜。孩子们继续在海里自顾自游戏，而我也只为孩子的兴奋迷惑，没有警觉到暴烈日光的淫威正悄然侵蚀孩子的雪白肌肤。（此后，我的海边之行烙上浓烈的悲剧色彩。）

经历了辗转与交涉，我们终于在一片不收费的沙滩上安营扎寨。虽然并不是一块非常理想的地盘，但想到能够看到潮起潮落，并且即将枕着海浪声入眠，忍不住浮想联翩，惬意满怀。（但事实上，在沙子里睡觉、被各种蚊虫叮咬的感觉实在让人崩溃，这个不眠之夜令我真切地意识到：在沙滩上扎营实在是一个大错特错的选择。）大自然毫不留情，孩子们烈日里的疯玩所付出的代价终于在夜幕降临时陆续发作：皮肤开始泛红，微疼直至疼痛难忍，全身发热，微烫直至高烧。幸好顺顺妈妈及时提供了退烧药、感冒药，好嫂提供了炉子、挂面（我的炉头进了可恶的沙子，只能暂时闲弃），可儿带来热水，水深火热的局面才得以缓解。一整夜，我都处于极度焦灼之中，让孩子吃药、喝水、尿尿，夹杂言语安慰，同时还要忍受数只蚊虫无孔不入的进攻，细密沙子无处不在的侵犯，情绪几近崩溃。盼到天亮，孩子的体温降了下来，我也无心再睡，钻出帐篷在退潮的沙滩寻觅不明生死动物的印迹，奢望着情绪可以重新生动起来。

简单的早餐之后，收拾帐篷。因为是在沙滩上，到处沾满沙子，整理两个帐篷，就显得分外啰唆。幸亏可儿帮忙，效率提高了不少。等到完全整理好，太阳已经升得老高，沙子里透出的热浪又开始让人觉得想要窒息。秋水望穿，终于等来我们的车子，急不可待地上车，享受空调带来的丝丝凉意。鉴于孩子的身体状况，落叶松决定大队人马逗留超市补充食品，我在丽萍的陪同下带孩子前往医院治疗，一切还算顺利，体温正常，只是嗓子有些发炎，携带各种药品匆匆与大部队在超市门口会合。午餐之后驱车前往蓬莱，远眺了蓬莱仙境，合影全家福，而我，却饱受着孩子皮肤晒伤无穷后患愈演愈烈的困扰，且万般无奈。

从蓬莱坐船至长岛，有四五十分钟的里程，下榻一户渔家。接下来的行程于我索然无味却又刻骨铭心，为了避免孩子再被日光直射，我们只能足不出户地待在渔家，没有再看任何景点。孩子的疼痛针扎般刺痛我的心，那是一种怎样的痛彻心扉，又是一种怎样的无能为力，只能暗自祈盼寸寸肌肤重新光洁。

但无论怎样凌乱挣扎的情绪笼罩着我，我依然得承认，我连同我的孩子又都是幸运的！因为一起出行的所有人都给予了我们莫大的关心、问候与帮助，他们提供各种物品，照顾母亲和孩子，帮着拎最重的袋子，所有这些都增添了我克服困难的勇气与力量，所有这些都让我心生感动而无以言表。我只能以一颗虔诚感恩的心祝愿所有人：一生平安！幸福快乐！

现在，当我端坐在这里记录出行的点滴，表达我的谢意，孩子的笑脸已经在我身旁重新绽放。时间自顾自穿梭，日子也将渐行渐远，但我相信，你们所有人都会深深留在我年迈母亲和娇小孩子的记忆里，挥之不去，久久生香。

带着孩子去撒欢儿
——雪乡游记

等了半个冬天，家乡的雪迟迟不见来。没有雪的冬天，实在是对冬天最大的辜负。恰逢火遍大江南北的《爸爸去哪了》取景东北雪乡，童话般的冰雪世界一刹那就在我们心中兴起震动。饱含大地的活泼，童真原汁原味挥洒，这样的雪乡，是我们曾经梦不到的远方，立刻就想带着孩子冰天雪地撒欢儿去！

履行了与孩子们的约定，刚刚结束期末考试，我们已经在路上。落地北国冰城哈尔滨，只草草体会了零下 17 摄氏度的严寒，就迫不及待地奔赴在了去往雪乡的路途。

一路上白色视野没有尽头，可以眺望乡村风景，也可以无所事事地沉思冥想。孩子们欢呼雀跃不能安静，中途下车休息，奋不顾身地冲进路边厚厚的积雪，试探着互相撩拨。积雪在阳光里折射着光芒，妩媚泼辣中带着诱惑人的野气，道路延伸进远山。5 个多小时的路程，车子慢条斯理地将我们载入雪谷。

这里是徒步穿越雪乡的起点，我们要在这里住上一晚。白雪覆盖的小小村庄，房前屋后被火红的灯笼点缀，缭绕在一片祥和喜庆的氛围之中。形色各异的雪人四处堆积，穿靴戴帽的造型随处可见；冻僵的冰糖葫芦，色泽醒目地矗立在商店门前；狗拉着雪橇，大摇大摆地在小街中穿过。

来不及在屋中歇脚，孩子们便全副武装冲进雪地里，蹦蹦跳跳却不知该从哪里开始享用。一大片自由开采的滑雪场，空旷辽阔，着装艳丽的人群缤纷其间，有站立观望的，有战战兢兢摸索着起步的，有游刃有余自如滑行的，星星点点燃烧整片雪场。孩子们年龄尚小，我也没有任何滑雪的经验，姑且带他们游乐场里玩一遭。"雪上飞碟"成了孩子们的最爱，卖力地拖着一个充气轮胎到达坡顶，兴致勃勃地坐到轮胎垫子里，随着自然坡度左摇右摆滑下来，孩子们很快就完全沉浸在了这个雪上冲浪之中，气喘吁吁却乐此不疲。

抬眼已是傍晚。一举篝火，一群来自五湖四海的朋友，和着动感而又激情的旋律，在雪地上载歌载舞，欢呼声响彻整个山谷。天色暗到不辨路面，只有洁净皎白，仍在风中静静摇摆，把杂乱烦扰吹得干干净净，天寒地冻我们却心满意足。

在农家土炕上温暖地睡个饱觉。养精蓄锐，我们今天要从雪谷翻越羊草山，大约徒步 15 公里到达雪乡。其实坐车便可以轻松实现与雪乡的快速相会，但为了身临其境体验林海雪原的浩渺与苍茫，也为了考验孩子们坚忍不拔的毅力，纵然无法完全预知路途的艰辛，我们还是选择了徒步穿越的挑战。

山谷洼地一片无垠，以莽莽大山为基，漫山遍野雕塑着形态各异、曲线优美、千姿百态的白色精灵，如影随形，视线躲避不及。前面几公里的路途，虽然并不宽敞，但没有向上攀爬的压力。马车来来往往运送短程徒步的人群，我们不得不时而侧身让路。一块巨石耀眼夺目，"勇者穿越"四个铿锵有力的大字鼓舞着穿越的人们。孩子们在此拍照留念，纪念自己的果敢与勇气。

穿行于白雪皑皑的山中，每一次迈步，都会踩得脚下响起嘹亮的嘎吱声，每一次哈气，都在空气中造就长长的白雾，环顾四周，满目玉树琼枝，积雪深没大腿，绝对满足你对冰雪世界、林海雪原的一切想象。回头张望，还会蓦然发现一幅幅让你震撼不已的绝美画面。白雪堆出的童话世界，空灵隽永，洁白无瑕，美不胜收。

中间的几公里路程，山路崎岖，坡陡路滑，前不着村后不着店，马车早已望而生畏不见踪迹。孩子们步履艰难，连呼吸都顷刻陡峭起来，不敢分神边走边玩。雪花飞来助兴，洁白，轻盈，丰富，这是我们看到的最美的雪花，尽显妩媚之情，尽展婀娜之态，转瞬之间重新将我们的兴致俘获。

跌跌撞撞登上山顶，新鲜的空气伴随着风的呼啸凌厉地落下来。俯瞰苍茫山岚，一览无余。偶有几棵松树，巍峨屹立，更衬托了雪原的广阔。深陷于这无垠的空旷以及万物起伏的身影，百感交集。

略作停留，让孩子们吃些饼干黑巧补充体力。大地的纹路随着雪白的印迹向前延展，长驱直下让人信心倍增。不断偶遇专门载人的雪地摩托，孩子们不为所诱视而不见，深深浅浅走得欢快。徒步五个多小时，我们顺利抵达雪乡。孩子们的表现远远超出我的期待，路途中的惊险与艰难，没有让他们想过放弃，也正是如此一往无前的坚持，才让他们领略了无与伦比的绝世美景，在小小年纪里就有了绝无雷同的人生体验。正如昆德兰所说：有些路你不走下去，就不知道它有多美。

同行的伙伴都没有参加徒步穿越，所以，我更要为孩子们狠狠地鼓掌。杀猪菜、小鸡炖蘑菇，价格再怎么不菲，也要大大方方地犒劳不辞辛苦的孩子们。

雪乡果然是见过世面的村子，布局整齐划一，有点洋人街的派头。

一条街道熙熙攘攘，大多是拖着拉杆箱的人流。知道雪乡火，但没能料到会如此火。每一寸地儿都被压榨出最大功效，一个原本三个人的土炕，竟然硬生生地挤上去六七个人，翻个身都艰难无比。即便如此，依然一铺难求，高昂的床位价格碾压五星级宾馆。无论怎样委曲求全，因为提前预订，我们总算还有栖身之所。

庆幸孩子们的没心没肺，情绪丝毫没受影响，不管不顾兀自户外撒着欢儿。零下 36 摄氏度，手机、相机拿出来拍几张就会纷纷阵亡，所幸不再考虑拍照事宜，跟随孩子们一起忘乎所以地疯玩。把自己陷进积雪中，测量一下雪的厚度；随手团起个雪球，射击出去；或者寻觅一个陡坡，无所顾忌地滑下来。如此花样繁多地释放快乐，热情湮没一切冰冷。

夜色汹涌上来。雪乡的夜色，美在形态更在于色彩，流动的光影让雪乡别有一番景致。高悬的大红灯笼明亮起来，与洁白的雪更加相得益彰。屋外的玉米棒子，悬挂得整整齐齐，为视野增添一抹金黄。一堆堆木柴层次分明地码在房外，堆积上厚厚的白雪，像是盖了雪白的棉被。屋顶的白雪也是厚厚的，仿佛层层叠叠的"雪糕"。体态憨掬的蘑菇房，在灯光的映照下如童话世界般恍若隔世，对自然之美的久久凝视足以将我融化。

贴肤的寒意，不断倾泻而下。我们恋恋不舍地离开这白色梵境，回到屋中抱团取暖。拥挤得水泄不通的土炕注定了几乎彻夜无眠。

吃完早饭继续漫无目的地疯玩，以此拯救前晚不踏实的睡眠。

孩子们觅到一个较为曲折的陡坡，无师自通地开辟出一条跌宕起伏的线路，各自找一个大小不一的硬纸片，坐在上面开启滑滑梯的模式。这片自由天地，居然吸引了不少孩童加入进来，孩子们将惊讶、欢喜与尖叫热气腾腾地留在这方寸的冰雪天地里。亲爱的孩子们，希望在你们成为井井有条的大人之前，拥有很多开心得一塌糊涂的回忆，正如此时此刻。

时间。飞逝。

返回哈尔滨的路途，车窗外奔驰而过的风景，与我们只有一眼的缘分。这一秒钟，我们相遇并告别，来不及写进回忆。

游逛中央大街，品尝马迭尔冰棍，在冻僵的松花江上风一样飞驰，在圣索菲亚大教堂前看白鸽飞起落下，在壮观的冰雪大世界里穿梭冰块雕砌的城堡，东北的冬天，味道如此丰富。

近朱者赤，近雪者洁。

每一次的良辰美景，都是举世无双的好时光。

握着岁末的尾梢，再次怀念。

山西抱犊村穿越

2009年5月14日凌晨4点，拨开惺忪的睡意，我们如期抵达徒步的起点——八里沟景区。凛冽的寒意，在下车的瞬间崭露峥嵘，令人期待又难以招架。好在大家有备而来，纷纷包裹严实，拉开穿越的序幕。

夜色依然弥漫。空气中散发泥土的芬芳，甘洌清香。两旁高高矮矮的树木，俊傲挺拔，恣意地舒展着黑黑的、光秃秃的枝丫，在苍蓝色的天空中勾画出美妙的骨节。透过枝丫的斑驳看过去，远山笔直连绵，棱角分明，错落有致，剪影般巍峨屹立，迎来赶早的我们。头灯闪闪烁烁，缤纷着黝黑的山谷，清冷的早晨立刻生动起来。

跟随洋溢，驾轻就熟地躲过景区的看守，从容迈上攀登九莲山的行程。顺着稍有山势的大道向前，步伐轻盈，明亮自在的欢笑声，在人群里荡漾，响彻山谷。6:45，队伍在一处桥边停留。彼时，太阳撕开阴霾喷薄而出，万千的金辉顿时将山尖四周镀成炫目的辉煌。伴着桥下哗啦作响的山泉水，我们三三两两地忙活完各自的阳光早餐。

继续前行。大约半个小时的光景，天梯豁然出现在眼帘。从山脚至山顶，目力所及之处，拥挤着、垒着的都是石崖峭壁。大块的岩壁平整光滑，看不出植物依附的痕迹，不卑不亢中又增添了几分卓尔不群的气概。一条窄窄的拾级小径七转八弯，沿着山壁层叠着、迂回着向上，向上。陡峻的山势，重重的石级，无情地考验着每个人的体力。步履沉重，气喘吁吁，直至大汗淋漓，但只能一鼓作气，咬牙坚持。沿途与下山的善男信女们相遇，显露出与我们一样的疲惫。生活也许就是如此，虽然体味同样的艰辛，却怀揣不同的目的，收获不同的喜悦。

终于踏上石崖之顶，终于可以大口地呼吸。匍匐的风缓缓地从脚下划过，心情像花儿一样开放着，带着花瓣乍裂的声响。对面的山崖旁若无人地矗立，对我们依然是一个诱惑，等来晚到的驴子，休息，合影。终点转眼又成起点。跨上前往抱犊村的小径，沿路厚厚堆积的落叶，默默与岁月厮守了一年又一年，任由崎岖的山路被踩出苍凉。仰望天空，碧蓝如洗，大朵大朵散淡的闲云，在空中自在地行走。低头，百丈悬崖深不可测虎虎生威，不容你细细观望，余光扫过就有触目惊心的怯意。初次领略这种悬崖绝壁上的行走，有一些谨小慎微，有一些放荡不羁，有一些惶惑不安，有一些悠然自得。尾随阳光，大家走得火热，笑声成串地从人群里传出。中途，一大片无名的枯草以它娇媚的姿态醒目地拦住我们，大家心领神会，纷纷或坐或卧，在婉转的阳光里，享受了与它的艳遇。11:00，依稀可见山对面的间间房舍，似乎抱犊村近在咫尺。山路曲折，果然名副其实。绕过一弯又一弯，又是一个多小时的行程过去，终于抵达抱犊村的烟火人家。

静谧的村舍一片祥和。偶尔两只狗不解风情，看到涌来的客人，多管闲事地狂叫。主人家略显肥胖的老猫在人群中踱着步子，一副养尊处优的傲慢。男女主人言语的差异，暴露出各自的秉性，老练的驴子们在察言观色中暗自备好各个击破的招数。咸菜、豆包、汤，每人三元，如此简单的午餐却令大家吃出些许兴致勃勃的味道，纷纷填饱自己的胃。

垂涎一路的晚宴内容即刻提上议事日程。遗憾的是，禽流感的不期而至，打碎了我们饱餐土鸡的美梦，卖羊人的吝啬，也让我们退而求其次的全羊宴化为泡影，乐子大厨准备大显身手的志向一度受挫。面对大家千里迢迢背来的种种蔬菜和零星的肉，集体敲定晚宴的主题——饺子。木耳、韭菜、茄子、包菜、香菇、白菜、肉、连同五十来个正宗的土鸡蛋，葱、姜、蒜各种调料也一应俱全，团长亲自拌出美味的八珍饺子馅，众姐妹各显身手，擀的擀、包的包，场面热火朝天。六七百个饺子虽然形状各异，但内涵丰富，让身陷其中的我们忘却困顿，深深陶醉。乐子大厨在美女们的众星捧月下，风流尽显，炒出精致的花生米，香喷喷的番茄鸡蛋，酸辣可口的包菜，并顺理成章地荣获了"包菜王"的美誉，且涌现了被众多"菜丝"前呼后拥的张扬场面。晚宴超乎想象的奢华，令众驴仰止。

宴后的狂欢更令人劲头十足。下半晌，男人们就已经张罗了篝火晚会的木柴，静静堆积着，等待热情来点燃。只可惜，跌宕过后席卷而来的疲惫，将我击败，早早回房，看月光轻笑着坐进屋里，炭火的温暖到达角角落落。隐约中仿佛觉到温暖的篝火在院落前燃烧，木柴的声响在夜里清脆地传到远方，阵阵热闹的喧嚣在空寂的山谷回荡。

15日晨起，道听途说了昨夜晚会上大家的种种出色表现，欣赏与钦羡之心油然而生。早餐完毕，对昨日的徒步仍意犹未尽的驴子相约"一线天"。一个多小时的路程，到达目的地。看片片乱石藏于深山峡谷之中，养精蓄锐，潜心修炼，含着冷泉的清幽，巨石的威严。经年累月地裸露着，任凭烈日暴晒，被沙风裹挟着奔走停靠，跌跌撞撞中造化成此。有山泉欢快地渡过石缝，千柔百媚扭动着腰肢，婉转着，流淌着，跌进一个逶迤绚丽的深潭。想象烈烈热焰的夏日，来此感受清凉，定有不同一般的享受。相约，下一个季节再聚！

返回驻地，已经11点。背好行装，启程。回程的路是几乎无迹可寻的羊肠小道，只能全神贯注，不能有丝毫的心有不专。脚下的石级有的已风化得掉渣，有的被岁月磨损得光秃秃，滑溜溜的，连石级也没有的路同样比比皆是，只有凌乱的碎石随着脚步微微翻卷。而身旁，即是万丈深渊。聚精会神地行走，让人彻底丧失了对负重的感觉，背包陡然没了重量，脚下生根成了最安全的保障。疲倦了平铺直叙的道路，这种颇有悬念的路程反而更令我觉得津津有味，于是这一段路走得风生水起，和尘埃早早就穿出山去。

阳光迂回婉转。在这样的阳光里，自虐后的我们可以肆无忌惮地懒散。

时光又是如此柔软。

短暂的周末走向尾声。

情人节之石门山穿越

　　山风户外的第一次石门山穿越，虽然因为与家人游览张家界而抱憾，但石门山却挥之不去地成为心底最深的情结。再一次看到山风的石门山穿越出行帖，即刻与尘埃定下出行的决心。想象远离灯红酒绿，远离闹市人流，远离玫瑰与巧克力，却要在荒郊野外经历重重辛苦与意志的历练，内心中不由得阵阵兴奋且充满各种浪漫的遐想。

　　2000年2月14日，15名驴子也许怀揣同样的期待，准时在山风聚齐，奔赴与石门山的约会。一路的颠簸，偶尔的短暂停留，抵达石门景区已是上午10:45。打好背包，肩头猛地沉甸下来。好吧，从现在开始——穿越正式启程。

　　昨夜的一场雨，已经将这里洗刷一新。空气愈加清澈，四处弥漫泥土的芬芳，令人想要畅快地呼吸。洁净的天空不染一尘，阵阵突然扑到面庞上的风，让心儿也随之轻轻荡漾。小路清晰，蜿蜒着伸向远方，伴着路旁零星的溪水声，依偎出些许缠绵的味道。树树寒枝英姿逼人，透出前一个季节里旺盛的生长经历，在风中轻轻款摆，不知人间忧欢。成

134

片的枯草也不甘寂寞，调皮顽强地盛放着冬日里最后的张扬。远处不远处的块块乱石或大或小或站或卧或密集或稀疏，慵懒随意，不拘小节地迎接垂青这里的宾朋。远山逶迤，迷离环绕，行走其间，心灵瞬间放逐。的确，虽然满目荒芜，但每个人的内心中都分明感受到勃勃的生机。

大家的情绪高涨，调侃着，笑着、闹着，一路前行，妙趣横生。沿路几近干涸的瀑布泄露出从前人工开发的痕迹，而如今却以潦倒的姿态，怯生生地迎来意气风发的我们。长时间没有如此负重行走，走一段还是有点吁吁的不适，但是只需略作休息，马上就能恢复到健步如飞的状态。不知不觉中将近两个小时的光景过去，如期抵达烟房（领队定下的补充食物的地方），纷纷卸下行囊，开始简单的午餐。

接下来的行程，是要翻越两座小山。如果在此之前的行程我们还能谈笑风生，心存窃喜，但之后的行程，确实令我们感到了穿越的艰辛。山间小道露出崎岖的本色，而且变得泥泞不堪，厚重的户外鞋子被红泥缠绕，又陡然增加了几分重量，只能一脚深一脚浅地缓慢前进。虽然步履稍觉艰难，但翻越第一个垭口，还没有感觉到太大的难度。在山下经过休整，我们开始向第二座小山进发。山势愈加陡峭，红土地也愈加面目狰狞，步履也更加沉重，每挪一步都得小心翼翼，肩上的大包仿佛一座山压下来，直不起腰喘不过气，自恃体力过人的我也觉得严重透支，几乎崩溃。向上爬，机械地向上，无望地向上，只盼望着山顶就近在咫尺。终于登上垭口。尾随北狼，我迫不及待地爬上去。烟雾霏微，将远处映衬得婉约精致，满目苍翠，传达出了山里最早的春意，全然是另一番景致，另一个世界。不由得慨叹：不经历风雨，怎能见彩虹？是的，最惊艳的景色往往总是隐藏在最深最远的地方，也只有深怀执着，历经跋涉，才能身临其境，也才会有意味深长的体会。

大家陆续到齐。惊呼、感慨、拍照，以胜者的姿态在这里留下骄人的微笑。下山，步子格外地轻松，5点就已经安营扎寨。点火做饭。尘埃拿出备好的红酒，搁置在捡拾到的一块作为餐桌的石头上，拍照留念。在悠闲的对饮中，在面条的余香里，在最简陋的餐桌上，我们一起品味了避开红尘，清心寡欲、安详恬淡的节日晚宴。

狂欢，理所当然地成为这个浪漫之夜的主旋律。点燃枯枝，熊熊的烈火同时点燃每个人的激情。大家围拢着整团烈焰取暖、K 歌、讲故事，笑声飞扬。天上的星星仿佛也受到召唤，突兀在夜空中，欣喜地张望，恨不得落下来与我们一起热闹。接下来的消夜也绝对不能少，好像烧烤的场面很铺排，只是尘埃和我都不馋烧烤，早早入帐休息。夜半时分，突然被清脆的滴答声惊醒，不知是雨还是雪，想到雪落无声，应该就是雨了吧！和爱的人在一起，也就无所谓风雨的搅扰了，反而更增添了一些缥缈的情致。突然觉得，这样的细雨竟是如此地恰到好处，大自然就如此地把我们宠爱得无以为继。在这样的雨声中，再次安然睡去。

第二天的行程基本没有什么悬念，平铺直叙地沿着唯一的一条路出山。只是路旁的水流声更加响亮，很容易让人浮想到夏日里清凉的沐浴，灵动的气息扑面而至。我和尘埃时而火热地聊些七长八短的事儿，时而沉默无语安静地聆听着彼此匆匆的脚步，步履轻松，一直走在队伍的前列。如果感觉到与大家距离太远，我们就不约而同地放慢步子，稍作休息。这样走走停停，倒也惬意自在，恍惚间居然就到了穿越的终点——火炎村，时间是下午 2:15。

没有多久，约好的车子就兴冲冲地驶来，载着兴冲冲的我们去品尝了美味的猪蹄和木桶鱼，个个吃得红光满面，意犹未尽。自虐后的 FB 大餐就是这么的心安理得，每一个人都可以有最冠冕堂皇的理由来慰劳自己的身心。

自虐与 FB 同在！

2 月 14 日的穿越将与记忆同在！

同行的大家、同行的经历也与记忆同在！

挺进邱家峪

在爱的彼面，太多的激情会在跌跌撞撞的日子里变成伤筋动骨的武器。这是万物的定律，没有解药。我是一个需要在爱中昌盛生活的人。突然的落寞，迫使我必须斩钉截铁一下，抛开一切的琐碎、焦躁与抱怨，背负沉沉的装备放逐旷野，实现对自己的治疗。

熟悉陌生的人群，让我感到了埋在松弛里的安稳。内心的软弱陡然增添了些许攀爬的力量，脚下居然生出风来。不得不承认，灵宝的各个峪真的是千姿百态，山容各异。想起去年行走的夫夫峪，茂盛的树木铺满山峦，我们只能在无迹可寻的齐腰密林中劈出一条路来前行。而今天的邱家峪，高大的树木几乎遍寻不着，只有低矮的灌木布满其中，放羊人日复一日踏出的山径就湮没于如此绵延不绝的茅草、荆棘间。一路向上，碎石翻卷，径旁的枣刺总是防不胜防地牵住去路。前方山路出没不定，一弯又一弯，看不到穷尽，只知道曲曲折折地通往大山顶上。老天眷顾，阳光不算太烈，但一种被蒸烤的感觉还是难免令人憋闷。坚持走了将近一个小时到达山顶，豁然开朗。攀爬的劲头松懈下来，整理心情欣赏山的尊容。天空蔓延在群山之间，绿草全力以赴地茂盛疯长，空气里洋溢悦人的草香，四处弥漫的泥土气息沁人心脾。习习微风，扫落上山路上的疲惫困顿。

在香艳的风里继续前行，貌似武功山的美景闯入视野。平坦山脊植物繁盛，遍地青翠。疏朗的枝叶，挺拔有神，间或盛开的小花儿正在告别它的春天，一条清幽小径笔直镇定地通向天边，尽可以容忍我们在此旁若无人的昂首缓步。心中顿觉惊喜动容。

下行，毫无悬念地进入谷底。潺潺溪水眉清目秀，常伴青山而迤逦。偌大的青石板接二连三地在眼前闪耀生辉，毫无掩饰地招引我们卧拥其中。大家就在这样的且行且驻中期待未来的美景。

下午1点，一大片树林冷静地收留了我们。林中树影幢幢，阳光姗姗地落在脸上，树荫搭起深绿的枝叶凉棚，筛选出炎热夏季的清凉。尤其是坐落其中俨然可以作为餐桌茶台的几块大石，更呈现出大自然妙笔生花别具匠心的创意。就此安营扎寨。炒锅、蒸锅，油、盐、酱、醋，各种调料，鸡蛋、火腿，黄瓜、西红柿、辣椒、豆角、香菇、洋葱，大米、面条，林林总总，铺陈开来。不厌其烦又井井有序地烹饪着一顿美味午餐。荤素搭配，色、香、味俱佳，大家吃得风生水起，欢喜踊跃。这一役初战告捷。

随着盛宴尚存的余波，毅然换上旅行茶具，开始品茗聊天。在这里，茶只是一种媒介，相互打趣逗乐成为真正的主题。在这里，所有的人都不会表演和蔼，也不会假装亲切。各类矫情，因为有了生根的土壤而变得顺理成章。彼此语言的较量更因为相互洞悉而非常一语中的，击中要害。快意恩仇的言语背后，一招一式满是针锋相对的亲昵。十足的人情味，就在这些半真半假的寒暄反驳中成就着。煮沸了欢乐与趣味，又消磨掉一截长寂的午后。

夜色不请自来，最隆重的晚间酒宴闪亮登场。下酒菜定不可少：手撕包菜、凉拌黄瓜、糖拌西红柿、油炸花生米、凤爪、辣椒炒鸡蛋，不费吹灰之力，又摆满整个石桌。纵酒成为抒发情怀的最佳途径。原本浅尝辄止的酒桌，随着嘲笑起哄和威逼利诱，变得跌宕起伏。酒量过人的来者不拒，没有酒量的被迫就范，个个脸上都挂着浓厚的酒晕。喜悦的浪潮一阵阵高涨上来，一直伸展到夜空里。

阑珊篝火终于傲慢地被引燃。围着它对酒 K 歌，快板、口琴交替伴奏，除我之外的大家怎么都那么有才呢？又一场酣畅淋漓的狂欢，不枉时光的躬奉。

四下里迅速黑成一片。虫声细密如雨，把夏夜衬得越发静谧。内心深处躲闪着想念，缓慢进入梦乡。

清晨秀美。一缕阳光，自树梢纵跃，树林似从睡梦中醒来，清爽可人。放轻了脚步，怕踏碎了她的安宁。禁不住感慨：生活完美得近乎虚假。

慵懒的早餐之后，已经将近 9 点。回程必然要虐，哪怕是微虐，否则面对昨日的大肆腐败，我们会集体汗颜。壁立拔峰，山石绕梁，在踪迹不明的石山上，我们饱经了汗水、劳累的洗礼，甚感欣慰。

经过 5 个小时的马不停蹄，我们顺利抵达终点。聚餐，为可爱的乡草度过了一个简陋而又难忘的生日，也为我们即将结束的行程画上圆满的句号。

心情开阔起来。也许我应该始终相信：琐碎中也有温暖。

原来，出走真的是可以疗伤的……

相约大石涧

夏天仿佛一步就跨了进来，脚步匆匆。但周六却出人意料地凉爽，阳光略显无力，甚至装备精良的各类遮阳用品也陡然丧失了用武之地，实在是出行的好天气。即便背着重重的行囊，脚下似乎也能生出风来。

风儿和煦，空气里洋溢悦人的草香，鸟儿的欢唱此起彼伏。阵阵突然扑到面庞上的风，伴随青翠绿叶上跳动的明亮，让心儿随之荡漾。威风凛凛的团长带着和蔼可亲的汽车兵，拿着香甜爽口的柿子，迎着风花雪月的飞絮，踏着缤纷满地的落叶松，提着忽明忽暗的一盏灯，气定神闲地寻找温暖。

从洛宁桥往下，还没酝酿好跋涉的心情，一片槐香就轻易地将大家拦住。丝丝缕缕的叶子，丝丝缕缕的花，只消一点清风，便叶也婆娑，花也婆娑。柿子按捺不住，率先奔向槐林，肆无忌惮地大口品尝。在众人的催促下，才意犹未尽地与诸槐惜别。沿河道款款前行，成片的湿润沁人心脾，全然没有河床上满目干枯裂纹的索然。河水带着叮咚的欢快，旁若无人地流淌，尽显安分度日的沉着。水流湍急处，波浪无所畏惧地涌动、飞扬、旋转，盛开出嚣张的浪花。而水流平缓处，河水安宁，独自潺潺，顺从得令人诧异。河滩上碎石翻卷，稍一抬脚就被团团围困。好在大家有备而来，丛生的乱石中也能走出矫健的明快。河道时宽时窄，落叶松凭借溯溪鞋的优势，无所顾忌地在水中随意逍遥，一盏灯紧随其后，很合时宜地换上沙滩凉鞋，也在水里恣意穿行。其余几人，起初还颇为谨慎，费些心思，倚仗水中垫起的石头，以及落叶松的搀扶战战兢兢地渡过七拐八弯的河流。在一盏灯的屡屡叫嚣中，柿子、飞絮终于忍无可忍换上凉鞋，加入涉水的队列。温暖、团长、汽车兵，凭着不凡的身手，多次有惊无险地侥幸闯关。

河道蜿蜒，走过一弯又一弯，两岸的河床渐次宽阔。深深的峡谷，高高的山坡，错落有致的麦田，还有安详和睦的群牛，呈现出一幅没有被城市的乌烟瘴气破坏掉的自然富饶的原始美丽。满山的青草面容娇嫩，精神抖擞地疯长，遍地的野花衬托在丛绿之间，开得让人心惊，兀自绚丽，素朴而妖娆。如画的风景，情浓意重，散发出挥之不去让人心安的味道。趁势点燃俗世的烟火，纷纷填饱各自的胃。

继续前行，婀娜的蒲公英俯拾皆是。朵朵精神饱满，好似怀揣梦想的精灵，张开希望的翅膀在灰烬的花朵上飞翔，又突然不着痕迹地入地生根。我们就如此欢欣地尾随着它，接受它无知而喜悦的款待。

中途，团长因潮湿而高卷的裤管，温暖、汽车兵失去色相的登山鞋，都昭示了曾经的不测。至此，大家无一例外地处于了全体湿身的境地。

前方人影晃动。近前，居然都是些熟悉的面孔，以老实巴交为首的FB队伍愈加庞大，正准备收拾各类FB物资打道回府。热情地为我们留下矿泉水、烧饼以及新鲜的净菜。（致谢致谢！否则，我们就不会有那么丰盛的夜宴了。）与他们挥手话别，我们就此安营扎寨。

黄昏在一片凉爽之中降临。叫花鸡、五香凤爪、油炸花生米率先拉开夜宴的序幕，而次第上场的烤肠炖香菇、油煎茄丝、凉拌青椒，则当仁不让地成为本晚最奢侈的硬菜。酒，无论红的、白的还是啤的，都是这样的夜晚最性感的东西。好像面上挂着酒晕，才有足够的激情天南地北海阔天空，纵酒成为抒发情怀的最佳途径。消灭掉一瓶白酒、一瓶啤酒、半瓶自酿红酒，大家还兴致勃勃丝毫没有醉意。犹以一盏灯为甚，张罗着要去前方的村落买酒。这样的热情，谁也无力招架，落叶松自告奋勇与其一起前往。据说蹚了三次河，才圆满购得一瓶名不见经传的白酒。继续意气风发，继续把酒言欢，誓将 FB 进行到底！不得不承认，行走户外，心情以至举止都删繁就简起来，无须踌躇服色与体态，纵然摇曳着一头蓬草也不会有丝毫的忐忑不安；无须顾盼矜持与端庄，不分性别地大口吃肉，大杯喝酒，不会有任何的矫揉造作。

杯盘狼藉的时候大家心满意足地钻进各自的帐篷。只剩下星星站在天空，陪着凉风看守着整夜。

当太阳拥着早露出来，习惯起早的鸟儿在这里飞起而又在稍远处投下，叽叽喳喳已经热闹了个把钟头。远处的小花睡眼惺忪，透出慵懒的清香，大片的树林似从睡梦里醒来，清爽可人。流水无声，秀美的清晨，一片静好。

自然醒的惯例照旧沿用。不骄不躁地洗毕、餐毕，收拾毕，打理行囊再次出发。轻松抵达目的地，时间尚早，闻闻槐香、采采槐花，笑笑闹闹，漫不经心地徒了一程又一程。

这样清新的山水，这样轻松的步履，这样舒畅的心情，周末就在这样的愉悦里过去。日子还要依旧，我们终将与迎面而来的风景擦肩而过，也许永不重逢。但因为曾经相遇，那就让我们记住且回味。

千磨百炼夫夫峪

2010 年 5 月的最后一个周末。早晨 6:00，渔哥、野鹤、野山羊、七宝、天涯、李子、柿子、飞絮一行八人在矿山厂前聚齐，乘车前往灵宝，与阳光、闲云、雪地留心三人会合，即将开始阳平夫夫峪至朱阳贾村的穿越。

下车，还没有酝酿好疾驰的心情，就已经投入山的怀抱。重重叠叠的高山迎面而来，一个峰倚着一个峰的肩怀，峰峰耸翠。浓密而巨大的各类植株，繁殖旺盛，铺满山峦。形状迥异的各色野花肆意绽放，点缀路的两旁。双眼便再也按捺不住，在一望无涯的绿野之中狂驰。

一弯一折地登山，沿途奇高的密林遮蔽天日，数不尽的绿叶，一簇堆在一簇的上面，不留一点缝隙，只有林梢悄悄漏下绿幽幽的光辉，给人悦目赏心的快感。突来的一阵风，吹动沙沙的树叶，温煦的风息里，夹着一股幽远的清香，连着一息滋润的水汽，掠过手臂，滑过面颊。沿路尾随的潺潺溪水，在绝不算过暖的日光里若无其事地淙淙流淌。

不过半小时的行程，我居然已经有了吁吁的不适。坚持到护林人的小屋前郑重其事地休息，原来大家都有同感。因为没有平路的铺垫，突如其来的一路攀升，确实令背着大包的我们难以招架。

休整后的前行，步履略微轻松。前方清朗肃穆，以高傲的姿态招引着我们繁密的脚步。我们开始密林里的穿行。在这里，所谓的路不过是药农踩出来的难以辨认的脚印，即便是如此模糊的印迹也常常湮没于茅草荆棘间，近乎无迹可寻。阳光大刀阔斧，披荆斩棘，尽力为我们开出一条醒目的路径。林中露水强悍，猝不及防，一边狠狠打湿我们的衣衫，一边又不着痕迹地蒸发掉。沿路藤蔓交织，枝杈绵延，随时将我们的胳膊、裤脚牵住，防不胜防。硕大的枝叶筛落了斑斑点点的阳光，虽然免去了烈日炎炎的困扰，但拦路的枝干，时不时就需要我们弯腰弓背，甚至匍匐穿过。脚下突然闯出的汩汩溪水，时缓时急，不动声色地拦下快捷的脚步，让每一个人的每一个步子都跨得郑重而且认真。

我们就如此地艰辛而上。而整段山谷依旧不卑不亢，恍若从未被别人打扰的人间绝境。万物按照各自的轨迹自由生长，寡言，肃穆。

午餐后的行程愈加扑朔迷离。山势更加陡峻，路迹更加恍惚，湿霉的气味，在周遭暗暗地发出，仿佛蕴藏着深不可测的玄机。之前的路程，目的地的出现总是会在预感之中，而走到这里，只觉得地形诡异，老气横秋的树木以奇秀的姿态，调和了四周险要逼人的气势，好像随处是路，却又时时被围困。阳光凭借仅存的印象引领我们摸索前行。踩着常年被雨水浸泡和极度腐烂的植物尸体，我们开始机械地攀爬。尽管手脚并用，依然滑溜难行。只能在乱石堆上择道前行，或者用脚踩着泥地上由脚印叠加出来的凹坑，抓着坚硬的石块抑或生命力旺盛的粗壮树枝，谨小慎微地往上攀爬。小股泥土簌簌滑落，夹杂着细小石块。而背着大包的我们必须使身体屈服下来，保持内心的寂静状态，全神贯注地向上。如此清除所有杂念，还是阻挡不住一次次地滑跌。此番路途重复单调地延长。

路不在眼前，但需要走过去。由着这种信念的引领，爬过貌似一线天的狭窄幽谷，爬过一层叠一层的群山峻岭，终于抵达盛大而缥缈的小庙。昂然屹立的小庙，像一座被时间湮没的神秘宫殿，废弃在藤蔓丛生寂然无声的古老森林之中，自行其是，不被窥探。而我们抱着对未知的向往，饱含激情，历尽艰险，来到这与世隔绝的地方与之相会。视野产生新的变化，但见山谷之中层峦叠嶂，云雾缭绕，蔽天的树林无边无际，远山绵延起伏。一切都含情脉脉地与时间同在，与天地共存。

休息、慨叹、合影、留念。但这里仅仅只是行程中的插曲，背起行囊还要继续。无路的困惑又一次悄然降临。阳光单枪匹马探路，留下我们原地待命。前路苍茫无着，但来路更不可见，不可能停下来，也不可能往回走。踩下去的脚步渐渐虚弱无力，沮丧、茫然、焦灼，感觉内心正被慢慢击败。对讲机里终于收到阳光的讯息，有了目标，便没有了恐惧，在天涯的带领下，再次开始专心爬行。向上，向上，1800米成为此行高度的终结。鸟瞰群峰，好似劫后余生的我们孩童般雀跃不已。

躲过这场自投罗网的劫难，内心欣喜但我们并不敢妄自得意。因为下山的艰难路途才刚刚开始。沿一条事实而非的曲折小径下行，坡陡路滑，即便非常非常的小心，冷不丁就滑蹿出几米远，令人屡屡心悸。遇到突然中断了路迹，还需重新识别，实在无踪可寻，只能强忍着胆怯，尝试着抱紧可能依附的所有有生命没生命的东西从一米来高的断崖处滑下。小心翼翼、跌跌撞撞、连滚带爬、狼狈不堪……又是一个多小时的行程，终于穿越重重阻隔的陡峭屏障。眼前一道蜿蜒逶迤的小路，显著地昭示了柳暗花明的到来，穿越正式接近尾声。这一刻，我们松弛了脚步，在内心微笑着与前路告别。

迫不及待地扎营，身心完全松懈。虽然旁边哗哗的水声充耳不绝，但是因为一路上的艰辛磨难，这个暂时的栖息地，依旧让人觉得无限欣慰。

夜幕降临。天空中无以计数的群星闪耀，壮丽璀璨。在时淡时浓的夜色里，在若有若无的酒香里，家事、国事、天下事以及念念不忘的驴事成为我们津津乐道的主题，百聊不厌。

当夜，睡眠酣畅。

千辛万苦，千磨百难的夫夫峪穿越，成为我行走户外中浓墨重彩的自虐一笔。

磨难与喜悦同在。

所以，也许明天，我还将继续颠沛于跋涉的路上。

九翩沟半日游

冬天怎么送也送不走，料峭的寒意迟迟难散，纵然已经接近暮春，但气温依旧徘徊在低处。想想去年彼时，几乎每个周末都带着孩子们四处撒欢，而今年这个忽冷忽暖的无常时节，着实辜负了游玩的大好时光。

周六艳阳高挂，忖度着不能虚过，一早起来，就计划着周边闲游。朋友介绍了位于店子的九翩沟，仅听名字就给了我美妙的遐想，只等孩子上完早上的课出发。

一路上，盎然的绿意将春的讯息吐露无遗，睡饱了整个冬季的春天，满脸的容光焕发。一切生命都在此间茁壮成长，透出生生不息的喜悦。

店子素有峡市后花园的美誉，来此处已经不计其数。轻车熟路地驾着我们的安安，不费吹灰之力就觅到九翩沟的芳踪。放眼望去，满目的绿。绿的树、绿的草，绿的水，酝酿出的醉意，美得令人迷惘。浓绿掩映的远山，轻纱似的，朦朦胧胧，欲裹不能，给人如梦似幻的感觉。

天空净碧，阳光嫩暖，踏在茸茸的草上，说不出的静好。一树树野花，青着花苞，生涩地等待开放。山鸟啁啾，无忧地欢叫，耐人寻味。

一道清流蜿蜒而来，不舍昼夜，恍惚觉得一种源远流长的亲和力量此消彼长，和谐地呈现出物我交融的境地，不由分说地就能令你把俗世的烟火置之度外。

伴着潮湿的草丛气息和泥土清香，我们昂首缓步，旁若无人。远处幽深无穷，不断地涌出惊喜，我们就在这曲折的路径中且走且等待未曾想象的美景。

徜徉其中，游目骋怀，身心舒畅明媚。卸下生活的劳顿，我们带着满身的泥土和山林气息，怡然而归。

万物复苏，阳光熙攘。冬眠醒来，上一个季节所发生的悲悲喜喜或许早已忘得一干二净，只看到春光正好，万紫千红，无限希望。

正如此时。

小龙峡半日游

今年的春天来得格外晚，气候时阴时晴，乍冷乍热，如同一张青春的脸，在喜怒之间反复地转换。直至此时，残冬的余威才缓缓散去。而我，也必须在浪迹了两个周末之后，安分地停下脚步与孩子一起捡拾周末的意趣。

阳光中的团团妩媚、空气里的阵阵清香、树木间的层层绿意，无不心存善念，引领我们沐浴其中。户外，不由分说还是以它强劲的风头，诱惑了孩子，诱惑了我们。中午 12:30，尘埃驱车高阳山接上凯旋的母子，前往小龙峡图谋一场盛大的偶遇。

车子缓缓驶入山谷，春天的气息迎面而来。苍翠的绿、甜腻的黄、艳俗的红，满山满谷深深浅浅浓浓淡淡错落有致地杂陈着，千变万化地参差着，交相辉映，营造出比油画还要鲜亮的景色，美不胜收，令我们真切地体味了被震撼的惊艳。

沿着如此的美景，车子轻快地抵达小龙峡。路口人家的院落里笑声鼎沸，暴露了洋溢队伍的踪迹。孩子们推门而入，诸多熟悉的面孔——

闪现。刚刚结束了一场酒足饭饱的丰盛午宴，个个显得红光满面，看到突然出现的我们，还有一些猝不及防地惊讶，随即热情地招呼我们享用他们的劳动成果——野菜馅饺子。孩子们表现出了奇好的胃口，毫不客气地接受了又一次午餐。院子的角落里，几只垂危的土鸡仿佛已经洞悉了大家的垂涎，做着临刑前最后的张望。然而再怎样的无可奈何，它们终究是要成为今天晚宴上的主角。

按照洋溢的安排，下午大部队要进入峡谷小游一遭，我们调整了步调与他们同行。峡谷里的水哗啦作响，泛出叮咚的快意。山水清澈明亮，一览无余：大大小小的石头姿态圆润，苔藓般的水草零乱纠集，悄然复苏的绿意在水底顾自熙攘。只是一两片落叶在水面上漂出的美丽弧线，令人多少滋生出些怜香惜玉的惆怅。

山谷两侧，葱茏的春意，俯拾皆是。各种各样的花儿已经粉墨登场，金黄的连翘，粉白的杏花，艳红的桃花，连同一些身份不明的小花，五颜六色地绚丽着，热闹非凡。成片成片翠绿的新草，正以惊人的精力，夜以继日而又漫不经心地成长。唯独，一些发育稍稍迟缓的枝蔓，依然枯黄着，虽然显露了不合时宜的出众，但不觉间又使春日的山林多添了一种色彩。山坡如此连绵起伏，春色如此寂静蔓延，内心被一种地地道道的温柔俘获，看山有色，听水有声，沁人心脾惹人心醉。

孩子们相中了一块水势平缓的风水宝地，自己备好玩耍的工具，也无非就是一些竹棍、瓶子之类的平庸之物，孩子们却玩出留恋的滋味来，喧嚣着、追逐着、笑着、闹着，嬉戏片刻不停，年迈的母亲目光慈和不离孩子左右。我们时而用相机捕捉孩子的生动片段，时而就安静地坐在这暧昧的阳光里，看山水从容前行，看山花随意烂漫。

一下午的时光就这样悄然逝去。

泗交拾趣

阳光不骄不躁，又一个出行的好日子。

被山风户外炒得火热的泗交，在我们家也小掀波澜。孩子们从早晨起来就开始预想一整天户外活动的幸福，迫不及待地跳跳跃跃，兴奋与喜悦无遮无拦。

车行春郊绿野，放眼触及一片欣欣向荣，盈满苍翠生机，远远的青山衔着蓝天，阡陌又与青山相连，间有勤劳的农夫在初青的麦田里忙碌。山光春色，应接不暇。

然而山西的公路实在不尽如人意，总有节外生枝的凹凸路段让人陡生恨意。尤其是进入泗交的路程，更是意料之中的差，意料之外的远。

一路颠簸着到达目的地。除了兴冲冲的我们，便不再能感受到游人的气息。烤肉的店铺以潦倒的歇业姿态迎接了我们。据当地人说，"五一"之后，这里才会掀起游玩的热潮。美食泗交烤肉的愿望无疾而终。

附近小转。茂盛的林木亭亭如盖，树影婆娑，掩映着崎岖的小道。桃花、菜花，还有许多不知名的花，正在喧闹着暮春，吸引着蜂蝶，似乎一切生命都在此间茁壮成长。只是肆虐的阳光，多少影响了一些游玩的情绪。

往山里去的瞭望台景区倒是此行罕见的精彩去处。沿路的山坡上，树木倚着树木，浓绿、翠绿、浅绿、深黄、淡黄、薄黄，浓浓淡淡的色彩杂陈着参差着，醒目地提示着我们山里晚到的春意。疏朗的枝叶，挺拔有神，路边的小黄花清丽得脱俗，在风中随意款摆，夹带着些潮湿的草丛的气息和泥土的滋味。山外一树树花朵的青春已渐次逝去，而山内的花朵正痛快地享乐阳春。暖和的晴日，满目的春色，酝酿着整庭的春意。谷里河水清澈，任你搅也搅不出一丝混沌，信手掬起一抔水，感到一股沁人心脾的舒畅。成荫的树木，清冷的溪水，令你随意地就能找出一块蔽日歇脚的地儿，伴着徐徐的清风，或疾驰或漫步或坐或卧都有一份从容惬意。

此刻，散淡的闲云嵌在如洗的碧空静静地游走。满眼性质不同的美丽，在心中自由烂漫。山的无限容光，就如此诚挚地招邀着我们徜徉其中。

路远远地奔向天涯。

约会甘山

成就一次心仪的旅行，需要对的时间对的地点和对的人。一群爱山人的结伴同行，一片层林尽染山野的风情，连同贯彻始终的蓝天丽日，一切都是那么情投意合。所以，有了这次与甘山的约会。

空气清冽，体育场前陆续到来的张张笑脸，点燃了出行的热情。虽然约好的车子久久不至，但丝毫没有影响大家的情绪。依旧三三两两地聊着长长短短的事，热火朝天又不骄躁。也许暂时远离钢筋混凝土，远离庸常的柴米油盐，对于每一个喜爱山水的人都是一种心灵的放逐。

车子一路疾驰。高楼、尘土、喧嚣都被果断地甩在了身后，自然富饶的乡下景致豁然眼前。树木高大林立，良田星罗棋布，高悬的玉米垛张扬出秋收的喜悦，被检阅过的庄稼地正坦然地老去，成片的果树若无其事地享受着失去果实的平静。叠嶂的群山，绵延起伏，在蓝色的苍穹下，富有激情地走向荒凉。一切恰到好处，散发出成熟的芳香。

因为幸运号码的抽取，车里的气氛一度抵达高潮。中奖的欢呼雀跃，失之交臂的打趣起哄，言语的交锋中分明又透出万般的亲昵和热络。在这里，没有了职位的高低，没有了年龄的界限，更没有了距离的生疏。

时间倏忽，很快到达甘山景区。虽然已经是深秋，但茂盛的植被依旧铺满山峦。有的树形矫健，枝繁叶茂，透出顽固的绿意，有的弱不禁风，被一场早寒摧残成枯黄，呈现出不可阻挡的衰相，有的树叶已经全然不能忍受山风的拷打，身轻如燕地消失在山谷深处，而最能让人眼前一亮的是那些被风霜染红的树叶，星星点点、层层叠叠又随心所欲地遍布其中，为秋日的山林增添浓妆艳抹的一笔。令人遗憾的是原本清澈的湖水几近干涸，甘山的灵气不声不响地就此打了折扣。铺天盖地的飞虫雀跃兴奋，无孔不入地侵袭了我们。无从躲避，任凭它活生生搅扰了我们的兴致。小插曲呼啸而过。我们另辟蹊径，将提前准备的各项活动进行到底。笑声璀璨，响彻山谷。

念念不忘的杀人游戏，把我带回户外驴行的从前。那个桀骜不驯的青春女子，一个大包挺进各个山头，虽然没有学会大碗喝酒大口吃肉，却迷恋上了驴途中摆脱疲顿的杀人游戏。从最初的战战兢兢，到小试牛刀，直至最后的准确犀利，曾经让我获得极大的愉悦。大胆地说谎，放纵地发言，不动声色地狡辩，咄咄逼人的质疑，也许，你的个性就此彰显。但更需要的还是你的悉心观察、冷静分析、果断判定，这才是杀人游戏的魅力所在。混迹在80、90后中间，明显感到自己的力不从心，他们的聪慧与敏捷确实让我自愧不如。但我依然感谢他们，是他们，让我的那些珍贵回忆突然复苏。

随之而来的午宴，鲜嫩的土鸡当仁不让地成为我们大快朵颐的主角。面对旁若无人的山野，面对破败却不失乡土的桌椅碗筷，所有的人都不自觉得豪放起来。纵酒成了抒发情怀的最佳途径，大家纷纷举杯痛饮，白酒乏力就改换啤酒，神情高昂地还配上了行酒令，胜者意气风发，败者不甘示弱，即便杯盘狼藉时，还大有不分伯仲绝不善罢甘休之势。平日里小家碧玉的矜持、装模作样的谦让此刻统统烟消云散，泄露出骨子里的放松。这一顿盛宴让我们每一个人都吃得风生水起满面红光。

为了不愧对被腐败填饱的胃以及满山的风光，午饭后的登山活动拉开序幕。密密麻麻的树丛中开出一条上山的路径，曲折悠长。林木丛生，目不暇给。阳光微暖，不离左右。树叶欢愉，轻轻款摆。隐隐连山，横卧天际。大地森林，徐徐吞吐新鲜的空气。游目骋怀，大片红叶轻易地制造着惊喜。我们就在这曲折的路径中且走且期待未曾想象的美景。大约 40 分钟，顺利抵达山顶。莽莽苍苍的美丽森林，我们攀越高山来与它邂逅，此刻终于获得相会，甚感欣慰。纷纷拍照，定格了一个个不可复寻的空间和人群。

下山的路程充满告别的不舍。惦念山林的这份悠闲，可以千姿百态地呼吸，随遇而安地沉睡。倾心山林的多样姿色，失去绿色的季节竟也能如此妩媚。

意犹未尽且耐人寻味的甘山之旅接近尾声。也许时光荏苒，在以后的多年里，我们每次旅途中无法重复的相遇，会一直在记忆中醒着，永不磨灭。

圆梦老鸦岔

在每个人的喜欢里，都藏着一些不为人知的执拗和贪恋，如同我对老鸦岔的仰慕。多年来，尤其是每一年的 5 月，我都渴望能有一次与老鸦岔的亲近。不仅是为了满足自己攀爬河南第一高峰的愿望，更为迫切的是能幸会一场高山杜鹃的盛宴。

老鸦岔，海拔 2413.8 米，是河南第一高峰，位于灵宝市故县镇境内小秦岭国家级自然保护区。对于就屹立在家乡的"河南第一高"，却一直可望而不可即，的确令我心存饥渴。老鸦岔上的杜鹃林，生长于海拔 2300 余米以上区域，百余棵灵宝杜鹃，树干高达 10 余米，树龄在百年以上，每年五月花开时期，漫山遍野花团锦簇，灿若云霞。置身其中，我更想领略它们相得益彰的美。

2019 年 5 月 12 日的成行来得突然。匆忙地带上早已就绪的诚意，期待与它们一见如故。

蜿蜒崎岖的小道，锐利的山间碎石，给了我们意料之中的下马威。车子在一路的险峻中开得小心翼翼，但刺耳的异样声响，还是随时爆发出来。顾不上心疼车子，屏住呼吸专心驶离险境。同样的路段周而复始。丛生的密林被我们甩在身后。不经历狂野，怎能轻易相会？

5月的天气还在不断经历气温骤降和高温返场，而在这样的山林，冲撞尤为醒目。从山外的暖阳里进入，我们各自咬咬牙添加了生怕多余的外衣，但跨出车外，衣物顿显单薄，全然不够用。

清寒突出，气温很不友好，穿梭的风奋力嘶鸣，天空中沉吟着茫茫思绪。远处薄雾浮动，群山叹息着退隐幕后。无限热爱，终将抵达。咫尺之遥，还能有什么畏惧？迎着凛冽，义无反顾地冲向上山的台阶。大概人类就是这样，但凡爱点什么，凭空就开始能承受更多。

森林莽然，遍布古老高大的树木。落叶深厚，层层腐朽，而更多的植物，却是茂密地勃勃舒展。这里的季节，总有一种模糊的间隙感，仿佛在春夏之间犹豫不决，多层次的鹅黄、土黄、翠黄、嫩黄以及深浅不一的绿杂糅在一起，虽然已是初夏，但还是让人有一种春天依旧被阻隔山外的怅然。

忽然一树婀娜摇曳出来，朵朵皎白，傲岸不群。这就是高山杜鹃了，穿过时间的桎梏，敞开心怀，与我在荒野中，相见恨晚。

时间汇聚的精彩，着实对得起等待。没错，在你想要寻找风景的时候，略微往里一探，就是一片美不胜收。果然，一树树磅礴，渐次涌现，莫名就升腾出一份寻得知己的喜悦。

大朵杜鹃，高高在上，一副绝不盲目示好的傲娇。想要用手机清晰拍下它们的芳容，还真不那么轻易。忘记矜持，依仗敏捷身形，跃身树上，近距离送去我的注视。它们在5月里生长茂盛，不知人间忧欢。我们在此刻，不计期待地拥有彼此。

继续前行。路旁的深处，几簇紫色杜鹃挤在一片藤蔓中迎风施笑。根本看不出大吵大闹，图获注意的急切，清心寡欲的气质油然。不顾湿滑，深一脚浅一脚地投入进去，咫尺之间的观望，更像一场私密的相会。

不知会不会因为我多情的一瞥，它们继续快乐地成长。但于我，即使相见的短短一瞬，也能成为不能忘怀的永恒。

路过神鹰岩，柔美的杜鹃，阳刚的古松，刚柔相济，力与美的无声诠释。老鸦岔的精髓并不在此，但路过就绝不错过。

阴云放肆地接管了天空，风声迅疾，寒凉无孔不入。也许缺少了艳阳，这场放逐并不算完美，但我却已经险些成为心无挂碍的侠女，一路健步如飞，登顶屋脊。世界繁芜，我们终于欣喜相逢。

一路行来，洋溢起爱的波浪。我喜欢这种与世界的距离，没有很近，也没有很远，可以进退自如。韶光暗换，清质不老，真正的美，经得起岁月。

郑重道别，不说再见。

秋日里的畅游

姐妹四家人正在大步踏入空巢老人的行列，所以，依靠大家庭的团聚来改善日子里的乏味，突然就成为众望所归，大家一致约定，母亲住在姐妹哪家，每月就由主人组织一次集体活动，陪着腿脚还算灵便的老妈一起开心、热闹。

阴郁了好几天的太阳神气活现地出来，心情瞬间复苏，雀雀跃跃地就想来一场短暂的放逐。

豫西小城的曼妙，就在于三步两步便能与黄河比肩，可以全方位俯瞰黄河的浩渺与苍茫，胸间顿觉宽阔；也可以置身于无数远离人群的林间小道，安静地走走神儿。抑或在计划之内预想之外的风景里，感受着季节的变化，也是心满意足的。

姐妹四家，驱车半个小时，便徜徉在了黄河暖阳里，秋天已近了尾声，阳光却灿烂得一塌糊涂。野菊花嚷成一片，细碎花朵在此间沸腾。有些树叶还保持着昂扬的姿态，倔强地苍翠着。两只喜鹊，仿佛经过天空的精心饲养，肥大撩人，闲坐在树杈上，拢了翅膀小睡。

几个池塘星罗棋布着，水势并不丰沛，偶有干涸，水草苗条，漫不经心地疯长。栖息的水鸟，高挑洁白，不时低头认真觅食，不时发出啁啾的嘹亮声响，仿佛被我们鲁莽的好奇惊吓，未等我们走近，扑棱扑棱飞得远远。

再往前行，我们在一处观景台前驻足。人工建造的小亭子，矗立在黄河边上，檐角高高飞起，褐色中透出斑驳，好像一种守护。在这里远眺，黄河尽收眼底。河水如镜，不起波澜，辽阔湛蓝，看不出一丝混浊，连同起伏的远山，犹如一幅画卷缓缓舒展。我们兴奋地恍惚着，这哪里是雄浑的黄河呀，分明是一望无际的大海。三姐夫按捺不住，为我们即兴表演了太极拳，这一刻，天时地利人和，岁月如此静好。

一路走走停停，看山是山看水是水，不必读懂什么，只是经过，看到所有生命的美丽就好。

时间好快，临近中午，今天的重头戏登场。孩爸早已经为我们订好了午餐，品尝黄河鲤鱼。一家酒香不怕巷子深的小店，门前如织的车流便可略见一斑。推门而入，一派熙攘。因为提前预订，上菜的速度还真不是一般地快。香煎豆腐，色泽金黄，外焦里嫩，红绿相间的辣椒点缀其中，色相不凡，吸饱了汤汁的豆腐，咬上一口立刻有爆浆的感觉，鲜香醇厚，香辣美味，超级下饭。蒜蓉菠菜，绿油油，只一眼就让人食欲大增，再加上蒜末的爆香，口感更为锦上添花。红烧茄子，番茄炒蛋，虽然都是不起眼的家常小菜，却让我们吃出可口的味道。硬菜姗姗来迟，热气腾腾的黄河鲤鱼端上来。鲤鱼体格肥硕，看不出任何的偷工减料，第一眼就已经倾心。鱼背上的刀痕工整，散落的葱花香菜油腻中见清新。吃惯了红烧鲤鱼，这次老板推荐了另一种香煎的新做法。犹犹豫豫中品尝，鲜嫩美味，果然色香味俱佳，我们在赞不绝口中大快朵颐，一家人其乐融融。

吃喝玩乐一网打尽。这样开心的团聚让我们越来越不知老之将至。

来，敬小城里我们美好的生活！

心灵的隐居

从小城出发奔袭一个小时，就从循规蹈矩的生活中突围。正值旷野璀璨，一路瞭望不觉匮乏。直至山路两侧闪现稀疏农舍，红尘世界的喋喋不休瞬间安宁。

眼前的农家院落，长久无人居住，略显破旧潦倒，却镇压不住我们暂时接管的窃喜。清洁房屋，打扫庭院，慢条斯理地动手，小小天地就被侍弄出可以施展拳脚的安逸。

太阳在云里脱不出身。没有了猛烈的阳光，气温也刚刚好，暂且安静一晌午，尽管去懒洋洋。大门边上的三五棵竹子，也许因为缺乏料理，长势并不喜人，但安于一隅，不妖娆，不轻薄；院中大树越过头顶，伸进眼帘，树影中闪出三五声啁啾，这番七嘴八舌还来不及倾听，翠鸟就如箭一般飞远；对面的山峦绿色汹涌，老树的苍绿，藤萝植物的嫩绿熙熙攘攘挤满一山。

神气活现的大公鸡带着两只随从，大摇大摆地来串门。旁若无人，威风凛凛，怀揣扫荡的势头四处巡视，颗粒无收，鄙夷地离开。我和孩爸正在懊恼没有拿出手的食物饲养几只鸡，又传来几声猫叫。嗓音悠扬，婉转顿挫，洋洋盈耳。顺着声音找过去，是只黑猫，目光炯炯，只是好奇地远远观望，一副骄矜，看不出想亲近的暧昧。孩爸学了几声蹩脚的猫叫，算是打了招呼，但黑猫似乎毫不领情，头也不回一路小跑着消失。小花狗倒是有股野蛮劲头，隔着门多管闲事地狂叫，看看没人理会，竟也长驱直入进来。不过，没有做任何停留，就从院子西侧窜得无影无踪。哈哈，也许小狗也不甘寂寞，迫切需要在突兀出现的我们面前刷一下存在感。

我和孩爸相视一笑，这些声响与滋味，在从前的时光中，常常是被忽略的，此刻，却显得如此静好。

午餐出自孩爸之手。西红柿、土鸡蛋来自路上的乡村集市，屋前的香椿树上摘几片嫩芽，临时跟着抖音学了香椿炒鸡蛋，满屋的香气痛痛快快；又从屋外墙角摸回来几株灰灰菜，扔进煮好的面条里顿时色泽芬芳。美好的生活，确实并没有那么难获得。

专门留出少许的面条，储蓄在餐盒里，放置院落醒目位置。大公鸡一行果真闻香而来，刚开始只是小心翼翼地靠近，吃得紧张且戒备，很快便方寸大乱，不顾体面殷勤地啄食，风卷残云一扫而光。这样的加餐，宾主尽欢，我们的颜面也算狠狠扳回一局。

午后的阳光很坦荡，不躲不藏，慵懒抬手，遮住刺眼的光芒。随意翻看一本动心的好书，咀嚼着喜欢的文字，将中意的句子画出来，然后在扉页处做备注，收获并不复杂的共鸣，时针就这样停滞不前。

抱回晾晒的被褥，枕着阳光的味道午休，心安理得偷个大大的懒。醒来，孩爸泡好一壶清茶，喝出甘冽。阳光变薄，风渐清凉，继续读书、写字，与每一个角落相看不厌。

夕阳慢慢下坠，气温从夏天直接闯入初冬。穿上轻薄的羽绒服，依旧不觉过分温暖。夜色渐深，遥遥村落一片静寂。虫鸣清晰，不绝于耳，繁星集会，点亮夜空，山的重重剪影，将小小村落层层围裹。

世界像眨巴着眼睛的婴儿，恬静、安详地进入了睡眠。

乡村放逐

热衷羽毛球，10 来个志同道合的女人，迅速挤作一团，开始在女子羽毛球双打的赛场上肆意飞驰。生机勃发地约过几次球，球场交锋，互有不服，更有敬重，一派花团锦簇的热闹。

倾心于我连续几个周末寄情乡村的惬意，球友们七嘴八舌发出放逐山野的倡议，议题急剧升温，不容分说就敲定了本周"乡村烧烤，把酒言欢"的主题。

吃喝玩乐一针见血地奠定着"吃"的领跑地位。单枪匹马跑了 3 趟超市，10 个人的烧烤食材以及瓜果蔬菜，全靠新丽一己之力张罗出来。烧得一手颠扑不破的好菜，每道食物用繁复的手工步骤细心料理，把实用、美观和节约考虑到了极致，这是新丽的厨艺宝典。可以栖身在厨房里精雕细琢，又能对江湖掌故如数家珍，轻易就能收割一片好感。好吧，宁肯散尽全部家当求此妇！

周六上午 9 点，11 个人，外加两只汪，3 辆车浩浩荡荡杀进山去。小院不显荒芜，很快清理妥当。再抱出被褥——晾晒，任由阳光款款收纳进来。小茶几一溜排开，布满各种水果零食，推让一番各自在长相各异的小凳前落座。以吃为媒介，大家纷纷打开话匣，内容跑遍天南海北，又能切换回当下生活。两只汪很会察言观色，性情稳重不离主人左右。

新丽按捺不住对大厨角色的胜任，自然而然入驻厨房，用眼神扫荡油盐酱醋、锅碗瓢盆的出处，确定尽在掌控之内，方才安下神来。

5月葱郁。对面山峦，熙熙攘攘的植物茂盛得章法全无，却仿佛有使用不完的绿意。阳光安详，如有所待，微风轻漾，声势热情，枝头的嫩叶，摇头晃尾地眺望。躲避追逐过来的阳光，大家齐力将小茶几挪至阴凉。热络的交流略显单调，竟又拿出音响K歌助兴。

新丽已经开始大刀阔斧。厨具简陋并不得心应手，但她手脚麻利地占领厨房，表现出安家落户的熟练，又有勤快的小沈左右帮衬，色味俱佳的10人午餐轻松搞定。西红柿鸡蛋捞面条，外加凉拌豆角，香味隔空盘旋，再客串几口啤酒，每个人的状态都愈加松弛。

午饭后兵分两路，需要休息的进屋小憩，精神还未涣散地继续东拉西扯。两只乖巧的汪星人，不撒娇也不放肆，依偎着主人打个盹。

太阳慢慢西坠，集合大部队，探进对面的山林。崎岖小路，缓步前行，惦念晚上的烧烤大餐，大家都没有深入攀爬的雄心，转山活动潦草收场。

点燃炉火，烧烤拉开序幕。羊肉、脆骨、羊排都被新丽提前润色，简单穿串立刻眉清目秀。等待炉火兴旺的工夫，6个人在扑克牌上动起脑筋。一会儿制造出剑拔弩张的险情，一会儿唇枪舌剑彼此抱怨，一会儿试图遮盖裸露的马脚，一会儿又互相用眼神报警，还有充满警惕用眼睛为自己放哨的，更有一串刻薄轰过去奋力揭发责任方的，场面坑坑洼洼却又令人欢喜得不知所以。

暮色在身后收拢，烤串在炉架上心急火燎地沸腾。动用了丰沛的感情和妖娆的智慧，最早入席的羊肉串就已经彰显出新丽的过人厨技。鲜嫩可口，振奋人心。

老赵专门购来德国白啤，并自动担起酒桌上的大任，殷勤地奉献地主之谊。酒局以性别分割，展开拉锯。两男八女，数量悬殊，尽管有失偏颇，两位男士面对一片排山倒海，冲锋陷阵绝无退缩。我的酒量慷慨不起，提前声明热眼旁观。新丽的主厨地位不敢动摇，心思一直离不开烤炉，啤酒喝得三心二意。小沈文雅矜持，滴酒未进，整个晚上沉浸在烧烤的钻研之中，一度从打下手跃居到正位，孜孜不倦屡试牛刀，烤串处女作不输新丽的风头。珊关注爱犬，只是在关键节点上轻描淡写地抿上几口，但看准火候插入的连珠妙语，总能恰到好处地将酒桌上的氛围掀上顶峰。

男士下酒的频率，大都还是在邹群主的煽风点火下热烈展开的，除了自己主动出击，还要做着虚实结合、避重就轻的战略指挥，江湖传闻的大姐大绝非浪得虚名。军前几日刚刚打过疫苗，正好可以大摇大摆地以"病人"自居，三句两句就营造出不敢喝不能喝但又不得不喝的不得已，你说一个弱女子已经如此顾全大局了，两位顶天立地的男士怎能不喝怎能少喝？冬梅酒量过人，两位男士明知不能轻易招惹，但人家只和你单打独斗地碰杯，躲也躲不过。邹群主未动声色，局面又发展到集中火力联合突袭的心领神会中。巧哄睡孩子，席卷过来，风风火火与老赵痛饮三杯，之后又攀上战友的交情，再饮三杯，形成围剿之势，这场声援大获全胜。

微风在桌椅下轻啄着我的裙摆，我的脑中已是一片信息的杂烩。酒风转得可真快，刚开始喝得犹犹豫豫左顾右盼，渐渐稍加怂恿就能成交，及至最后陶醉在一种壮烈的情绪中，仿佛每个人都对酒精脱了敏。羊排姗姗来迟，美味重新振奋了鏖战的精神。巧与老赵豪爽碰杯攀亲带故之时，另一位男士已经蹉跎了大半会儿，留着肚量，主动邀战。进屋拎出最后一罐啤酒继续舒展壮志，底气虽不十足，但并不妨碍兴致高涨。

月亮还小，并不急着上升。鼎沸的吵嚷，四溅的酒杯，响彻恬静的山村。此刻，我们会聚一起，无功无利无忧无愁，心无城府地开着各种玩笑，无所顾忌地来上一杯两杯无数杯，一切自然而然，毫不修饰地敞开纯真释放性情。笑容令彼此强壮，所以，大家喝得肝胆相照，极限却迟迟没有来临。余勇尚存，戛然而止，天时地利完美无缺。

　　呼吸着田野气息，五月的最后时光，定格在这个绝版的初夏。

品味袁家村

　　坐落在陕西省咸阳市礼泉县烟霞镇的袁家村，因着数不胜数的关中美食，一炮走红。全家人的口腹之欲都被严重勾起，大大小小的胃吵吵嚷嚷着不肯罢休。好吧，利用国庆假期走一趟。

　　网上订下礼泉生活客栈。这是一个闹中取静的地方，门扉轻掩，路途中的拥堵瞬间置之度外。竹影绰绰，隔绝掉喧嚣市声。院落娇小，亭台楼树挺拔醒目，却绝不显得装腔作势。大束绿植，亭亭玉立。一池碧水，游鱼欢畅。庭院里的宁静，沁人心脾，有低调含蓄的欢喜。

　　卸下路途奔波的慌张，心开始缓慢下来。夜色来临，空气清凉。十月里不疾不徐的清风，竟然也能卷出三三两两的微寒。村落里随意闲游，璀璨的霓虹将夜空切割成妖艳的碎片，渐入佳境地传递阵阵温和。满目的灯笼渐次点亮，虽然仅仅泛出一轮轮暗淡的绯红，却好似阳光般将我们点亮。

　　走进古朴典雅的小巷，两边店铺林立，作坊鳞次栉比。油坊、醪糟坊、豆腐坊、辣子坊、面坊、茶坊、醋坊、布坊、药坊一应俱全。醋坊里一坛坛、一瓶瓶手工酿造的纯粮醋，散发着诱人的清香；面坊中兴致勃勃的游人，饶有趣味地推动着沉重的石磨，白白的面粉缓缓地溢出；布坊里老人坐在古老的织布机前，细心地织着漂亮的土布；油坊中那巨大的老木制成的榨油器令人叹为观止；药坊中飘出的淡淡药香若有若无地在鼻间萦绕……踩着脚下仿古的青石板，欣赏着颇具关中风味的明清式建筑，一种莫名的亲切感油然而生。

各类小吃不修边幅，乱中有序，殷勤得恰到好处。香味缭绕，附在市声末尾，格外让人心安。时间略晚，诸多美食已流露即将打烊的潦草。耐下性子，将垂涎留给明日。绿植懒懒地垂着，仿佛疲倦得想要熟睡。擦身而过，清浅足音，挥动一身清寂，遁成一道暗影。打道回府，在特色土炕上安稳地睡下。

7:30起来，清冽空气，潺潺穿过晨曦，在木屋里荡漾。步入宽阔露台，街头巷尾的炊烟袅袅而至，携带着浓厚的烟火气息。

曲折小巷里信步，寻觅可口早餐，熙熙攘攘的各类小吃散发丰饶色彩。麻花现炸现卖，热的凉的、软的脆的，浓浓的菜籽油香扑鼻而至；土醪糟，以大麦仁发酵酿制而成，生津润燥、化谷消胀，味道甜美香醇，冷热皆宜；酿皮子，选料精良，调味讲究，以"白、薄、光、软、筋、香"而闻名，酸辣可口；传统风味面食锅盔，料取麦面筋粉，浅锅慢火烘烤，外表金色黄，切口砂白，香酥适口；酸辣粉，汤由土鸡加大骨熬制而成，味道清香醇厚，加上纯红薯手工粉条，再撒一小撮香菜，美味势不可当；色调金黄的米糕，被高温调教过，极柔韧极筋道，凉凉切块，老醋一碟儿，加少许辣椒油，调到微辣略酸，蘸着吃糕，滋味格外绵长；更有走心的油泼辣子，上好的线椒，被捣成辣面，加入花生碎、芝麻，城—汉山—南湖—兴汉胜境这条线路。

越过秦岭，春天果然有着大步流星的矫健。到达汉山广场，三月的绰约油然扑面。春日有何事？必是赏花时热油微凉，轻泼入碗，味道香

168

蹿；热腾腾的大白馒头在蒸气中出锅，一掰两半，油泼辣子涂抹上去，吭哧一口，吃相尽可能不要太斯文，吃到满头满脸地流汗，辣到瞪眼呲嘴伸脖子，才是香香与共的新境界；还有专心致志做包子的，仿佛想把所有的热情变成包子的滋味，全力以赴，揉面、摘面蒂、刮馅子，捏褶子，收嘴子，这样的节奏感也能让人忍不住留步。我们依次品尝大快朵颐，味蕾积聚起万千趣味，蓬勃的食欲制造出午餐的襟怀。

人流渐渐汹涌，同样澎湃的心情在这里毫无遮拦地流泻。此时此刻，大家都不再是匆匆忙忙的赶路人，可以慢条斯理地随意驻足，或好奇地欣赏，或放纵地品尝，不需要任何借口，就可以心安理得地小小挥霍一下，只关乎吃喝玩乐的安逸时光。

的确，生命里的许多时光必须大步疾驰，但有些时光却可以漫步细酌。

正如此刻的美食，不能辜负。

又是一年花开时，黄萼裳裳待君至
——汉中两日游记

　　2019 年 3 月的清晨，天空绽放一抹微蓝，有了春天和煦的气息。收拾了简单的行李，准备出发。时隔八年，再次去到那片绚烂花海。对某些地方的渴望，是无法说清楚的情愫。可能是因为当时去的心情，也可能是一起同行的人，以及发生过的事情，这一切恰恰是你想留住的时光与记忆。一想到那里会是我们这个春天最远的远方，内心就有些迫不及待地雀跃。

　　高铁上小憩片刻，两个半小时便一晃而过，到达汉中上午 11 点。接车的朋友直接载我们到达提前预订的汉庭酒店，放下行李，直奔美团热评的鱼庄，大快朵颐。并不昂贵的午餐价格，让我们初步领略汉中的合理物价。同行的朋友带着不到 3 岁的女儿，接车司傅推荐下午游玩石门栈道，我觉得徒步时间过久并不适合小孩，所以临时调整线路边走边看。出发突然，对于此行并没有过多的攻略。一个下午随意走了南郑县。这是标准的春天的颜色，春天的心情。站在阳光里，我们分外认真地享受。

170

驱车到达汉山山腰，视野在顷刻间变得极为开阔。俯瞰下去，刚刚走过的汉山广场，转眼成为小小的方寸。山间清爽的风微微拂过，仿佛看到一缕缕的幽香飘荡。山下好像一个大大的舞台，站着喜气洋洋的春天。花软山温，请来感受。

　　来到一个地方，发现这里并不是想象的美妙，但已经来了，有限定的时间不能自由决定来去，那就尽量以此为根本，来做些不虚此行的事情吧。比如南湖。网上听到一些不太好的声音，但既然来了，就安心地享受它。坐船、观赏动物，免去小孩子的枯燥；踩着厚厚的树叶，在野径里走一遭，与肥大的蜘蛛网不期而遇，也未必没有冒险的快感；揽月楼样貌威风，台阶色彩明快，有让人攀爬的冲动；一树白花在河边探出头来，远远看见又折回很远，拍下它们与湖水相依的样子，美不胜收；硕大的玉兰，在房前屋后奋力盛放，独自妖娆；白色梨花千朵万朵压枝低，好像一层层说不尽的故事。所有的这些，真的就让我们沉醉不知归路了呢。

　　兴汉胜境，因为并不充裕的时间，草草掠过。貌似还在紧锣密鼓地建设中，可能是为了配合汉中油菜花节的开幕，刚刚试营业吧，个人认为晚上的文艺演出是亮点。在规模宏大的小吃街里游荡了一番，特色小吃，置于太过高大上的房舍建筑之中，反而让人有一些不接地气的疏离感，没有勾起品尝的欲望。

　　晚餐预定了胡桃里。同行的朋友不足30岁的年纪又有音乐出身的背景，所以尽管满街撩人的烟火气，他们还是慕名定了这家音乐餐厅。餐厅上下两层，几乎座无虚席。风味中西合璧，以川菜为主，也有比萨、慕斯之类，可能正是因为它的兼容并包，来这里的吃客繁杂，有情侣、闺密，有年轻的也有年长的，甚至还有不少儿童。驻唱歌手很会调节气氛，虽然听不懂一句歌词，但现场的氛围非常活泼，沉浸于此，果然异常轻松。人虽然已经不再年轻，心里却住着个贪吃贪玩的孩童，我和孩爸姑且附庸一把。

酒酣耳热过后，打道回府。打开导航，测量着汉庭酒店的距离。拐过前面的街角，还没等放开脚步，就醒目地看到酒店的标识，居然就只是几步之遥。

第二日早晨 7:00 退房，出发去洋县。个把小时的车程，司机朋友安排我们到洋县最火的面皮店吃早餐。热面皮、土豆饼、豆腐汤，味道正宗，价格更为公道，5 个人仅仅花费 24 元。

我们今天要去专程拜访万亩花田。等正式切入主题，方觉昨天的零星油菜花仅仅算是个简要的铺垫。油菜花虽并未开至鼎盛，但势头强劲，大气磅礴，将漫山遍野镀成金黄。穿行在花海，行走在乡间小道，仿若走进一幅美妙绝伦的山水长卷。万亩油菜花海中一些灰白的屋舍点缀，依山傍水，层次分明，如诗如画，美得不可方物。

这里也是朱鹮的家园，朋友带着孩子进园观看，我和孩爸园外徜徉。细雨迷蒙，似有似无。46 的 PM 值，隐伏着祥和与宁静，惹人沉醉。

当四面八方的车蜂拥而来，避开熙攘的人流，我们已经在回城的路上。为了品尝小城里人气超高的锅巴饭，返回汉中车站的时间略感仓促，但依旧可以用顺利与圆满画上句号。

如果，我是说如果，这个春天，你也感觉待在家里憋坏了，我们的这趟旅行算是个勾引。犒劳一下自己，和我们一样，出去浪吧！

山居千层坊

　　被一些似是而非的事情裹挟，犹疑匆忙，开始对身边司空见惯的东西流露厌倦，迫切地想从拥挤而嘈杂的日常中逃离，找个解放。木路沟，寻着朋友圈里一个一扫而过的微薄记忆出发，只为享受一段没有"被安排"的纯粹时光。

　　沿呼北高速前行，路途宽阔，不见熙攘车流。道路两旁，茂密的山林，绿意深浓舒展眼前。远方群山簇拥，层次分明朗然可辨。最近的山峦呈现墨绿，渐渐地褪作褐绿、灰绿，直至最后遁入一片空茫，牵出一些似有似无的线条。身心被群山包围，仿佛把自己扔在自由的天地，被时空流放，情绪分外松弛。

　　两个多小时的行程，放心大胆地跟随导航，直达隐匿的小小村落。山居记忆赫然眼前。土地湿润，田里的作物一鼓作气，蓬勃生长。野花随意泼洒，烂漫绚丽，守护小径的两侧。青山泛着绿浪，无限绵延，毫无加工，自然天成。挡住了楼外层楼，推远了喧嚣市声，似乎是和风景的单独私会。

窄小而厚实的木门，仿佛邻家院落。推门而入，千层坊的真容依次涌现。六座特色木屋，外形相似内容迥异。拾级而上，起伏得十分活泼，凭空制造层叠的美貌。房前屋后，各色野花好似不计成本，开得令人心惊。3座水池相连，野水潺潺，回归原始，灵动气息油然。庭院四面八方延伸，每一处拐角，都无法预测蓦然撞见的风景。

午后3点，阳光透彻，贯穿心扉。我和孩爸急着补充午觉，来不及扫荡千层坊的全貌。入住房间，方寸天地，静寂、清新，已在那里。前日预订房间，只是凭借自己的想象，信口开河索要能看到外面风景的房间，还真的如愿以偿。榻榻米前的简易茶台，细节里带着特别的眷顾，符合我们每日喝茶的心意。两面大落地窗，妥善地将窗外茂盛的花草收入眼帘，清亮的水池就在一箭之远。安坐其中，渐渐塌陷在一个无所事事的幻想里，任世相纵横，亦可不动声色。

下午的时光，被一个迟滞的慵懒午觉穿插长段空白。终于远离了角色，有了放空的感觉。6点晚饭。厨房在略远一些的高处。面条随意打捞，馒头、凉菜管够，虽然这样的自助餐略微简陋，但地道的农家风味也足以令人尽兴。

回到房间啜一口清茶，大大小小的心事，氤氲而化。恰好的茶，恰好的人，成就彼此恰好的惬意自在。

窗外夜色汪洋，清寂得疏淡，若有若无。花儿轻手轻脚，敛声屏息，在黑暗里假寐。两壶茶之后，起身夜游。两只狗儿猛烈摇着尾巴，油光锃亮地冲过来迎接。性情温和，不让人畏惧。

巧遇李坊主，举手投足，仪态娴淑。交谈随意，仿佛叙旧，和颜悦色中轻易越过与陌生人的鸿沟。我们都有了结识的愿望。从车上取下一本《旭叙》，留作纪念。

灯火阑珊，朴素美好，陷入睡梦前的恍惚。将近凌晨1点，收到李坊主的微信留言。李坊主的好友天涯芳草，参与千层坊的拓荒策划，居然很早就是《旭叙》的读者，喜欢我的文风，愿加为好友。时间的荒野，能邂逅惺惺相惜的人，真是太难得的缘分。

晨曦微露。再躺5分钟，确认睡意彻底走失，决定起床游荡。虫声低吟高唱不舍昼夜，鸟鸣清脆婉转投递到远方。露珠在星星点点地燃烧，湿透草丛。大簇花团，在枝头你推我拥，毫无节制，好一番清凉盛况。更有正好的山雾缭绕，千层坊慢慢醒来。

早餐结束忘尘谷爬山。离离暑云散，袅袅凉风起，老树浓密而深沉的响声一浪一浪，割破宁静。满枝的叶子翠绿逼人，互相攀附着仿佛勾肩搭背，趣味丛生。漫无边际的绿，幽深蜿蜒。有森林的陪伴，逐步陡峭的过程，不觉艰苦。山顶瞻仰石婆婆，看来历不明的山泉水飞流直下。也许如我们一样的红尘散客，爱的并不是纯粹的爬山，而是将心事一点点丢失在路上。

感慨距离略短，这山攀爬得不够过瘾。李坊主相约下次邀请向导，带领我们搜寻天井天坑，甚为期待。

回屋继续一壶清茶。透过落地窗户，花叶漫天，植物与人都缤纷异常。这是城市之外的另一种生活，但在这里却尝到大自然的味道：青山、薄雾、日光、溪流，以及不复杂的人际关系。热闹的日子不适宜久留，这些清丽避世的桃源总让人不知岁月长。如果你来过这里，一定会懂得。

留在原地，忘记时间。抑或把快乐装进心里，然后静静融化。

如此，是一切尾声该有的气息。

还未离开，已经想念。

第二辑　亲历加拿大

参加加拿大高中毕业典礼

　　孩子的高中毕业典礼是在温哥华 Downtown 的大礼堂举行，因为学校的礼堂装不下那么多的毕业生和热情的家长。

　　由于礼堂座位数量有限，并不是所有亲朋好友都能来围观毕业的，每个毕业生仅限三张票，如果实在需要更多的票，只能向学校申请协商解决。

　　预订的车 8 点钟接到我们，一个小时的车程，9 点不到，我们就已经到达 Downtown 礼堂的广场。此刻人烟稀少，空气清凉，孩子带我们到附近的麦当劳躲避风寒。就着一杯咖啡的温度，身上立刻暖和起来。

　　半个小时的工夫，喜气洋洋的学生和家长涌进来，原本冷清的广场开始沸腾。拥抱、拍照，主题明确，贯彻始终。阳光浓烈，排队进入礼堂的家长队伍，庞大壮观，并然有序。不同肤色的人群里，欣悦的心情同在。

　　礼堂里的氛围简单典雅，找到合适的位置坐定，人心也随之端庄。可以尽情打量舞台上下，但却听不到丝毫的喧哗。大屏幕滚动的是毕业学生的照片，上下两张对比鲜明，从儿童的天真无邪到高中毕业的器宇轩昂，是孩子们成长的浓缩。毕业生在典礼开始之前，需要在礼堂外换好毕业服排队等候，最后会在亲朋好友老师等众人的欢呼下，列队入场。

舞台上就座的几位老师，彰显优雅的气质，陪伴典礼的全程，看不出任何潦草的敷衍。帅气的校长以同样的姿态对 260 多位毕业生进行一一迎接，不厌其烦的微笑面容从始至终。

典礼上老师的发言，大都风趣，虽然我的蹩脚英语几乎听不出一句完整的意思，但现场的气氛可以告诉我答案。接受表彰的三位优秀学生，无一例外都是美丽的女生，两极分化女生的前者，聪慧上进、目标明确，追求完美，皆由此呈现。

孩子登场，短短的一两分钟，着急着用相机拍照，好像还没张望到细节，倏忽人就已经走到了台下。等待孩子登台的过程略显漫长，但一旦等到孩子上到台上，大概所有的家长都会觉得速度飞快吧。

孩子的高中三年，就这样画上了句号。我们跨越千山万水，携带郑重与庄严来见证，深深为这份隆重的仪式感而动容。愿所有的孩子们感恩这一切！

对于孩子心仪大学的 offer，我只是略有欣慰，并不曾如释重负。大学才是真正的开始，任重道远。我更期待 4 年后的神圣此刻，那时的学业有成才会令我感动、开心、骄傲。

生活在别处——Vancouver

2018年2月，怀揣着对温哥华的新鲜与好奇、忐忑与无措，我佯装沉着，飞越11个小时来这里探望孩子。孩子已经在此度过高中第二个年头，然而温哥华对我来说还仅仅只是一个传说中的地方。纸上谈兵终觉浅，终于下定决心，去天涯的那边看一看。第一次独自踏出国门，第一次使用自助通关，也是第一次在异国他乡度过新春佳节，更是第一次不以旅游为目的地生活在一个完全陌生的地方。许许多多的第一次，都被我一一践行，世界也渐次在我面前慢慢展开。

初来乍到，时差倒得磕磕绊绊。接连几天，我都处在黑白颠倒之中，白天昏昏沉沉大部分时间只能送给睡眠，夜里却无比清醒地辗转反侧任由思绪驰骋。时差太过顽固，原本还想凭借自然过渡挽救失忆的睡眠，最终只能依靠服下"褪黑素"，躲过昼夜混淆的煎熬。

孩子所在的城市高贵林，距离温哥华一个小时的车程，也许是因为温哥华远远不如国内的一线城市繁华，当地的移民戏称温哥华为温村，高贵林为高村。我借住在高村朋友家，免去在外租房的麻烦。陪伴孩子的这些天，我的首要任务就是尽职尽责地做好一个家庭主妇，承担孩子的一日三餐。孩子带着我去了一趟大统华超市，做饭的食材可以全部在此购到。这是高贵林规模最大的华人超市，几乎囊括了国内所有的食品。结账可以使用信用卡，大部分收银员可以使用中文，所以不用过分担心英语匮乏的尴尬。只是货架上的许多东西，密密麻麻的产品介绍全部英文，会让人陷入"乱花渐欲迷人眼"的盲目。有一次，我想选一瓶沙拉酱，但七八个品种琳琅满目着无从下手。试图咨询一位很像华裔的服务员，没料到他居然对国语出奇地茫然，我只好讪讪走开。但是如果不去挑战这种略高难度的购物嗜好，买一些大众的做饭食材，轻轻松松就能够将购物袋填满。

超市的肉类食品品种相当丰富，相对来说价格较低，所以，特别适合无肉不欢的人。食量大的家庭，每周去 COSTCO 采购性价比更高，那儿类似批发市场的性质，虽然每样东西的分量都大，但价格特别令人惊喜。因为 COSTCO 偏远，况且我和孩子两个人食量不大，而且大统华超市距离家步行只需十几分钟，所以，大统华成了我几乎天天都要光顾的地方。每天都去那里买点儿新鲜的蔬菜和肉，一来二去，我便成了大统华的常客。没过多久，我竟然发现了省钱的窍门。原来超市为了保证食品的新鲜，当天卖不掉的熟食是不允许隔夜销售的。所以每天晚上 7 点，当天剩余的很多食品质量一点不逊色，但价格都会打折，难怪有那么多人都要赶在 7 点钟来超市选购，我也学会了在那个时间点上低价买些可口的食品。轻轻松松就解决了"吃"的问题，我开始惦记"行"。

平时，住地附近方圆几公里，我都是用脚步来丈量，无须乘坐任何交通工具。只是过马路时，这里的人行道和车行道并不同步。行人过马路，对面是一只红色手掌就表示红灯亮，不能通过，需要在路口旁边按一下过马路按钮，直到对面红色手掌变成白色行人的标志，才可以通过。随着通行标志的红白变化，还会发出不同的声音，那是方便盲人过马路时通行。在没有红绿灯的路口，只要有行人，所有的车都会礼让行人，哪怕远远看见行人，车子也会缓缓停下来，绝对不会发生车与行人抢道的现象，行人完全可以对行车熟视无睹，理直气壮地穿过马路。

孩子周末不上学的时候，会带着我出去游玩。朋友夫妇出门都是开车，家里有一张多余的公交卡送给我使用。这里的公交卡是通用的，只要在大温地区，无论是坐公交车、天车都可以充值使用。如果哪天坐车，恰巧卡里费用不够，也不会被拒载，系统会在充值后自动扣除，甚为人性化。乘车的人少，公交发车的频率不高，等待一趟公交是需要有点耐心的，不过也同样可以下载 App 预先了解公交到达的时间。这里的公交车，并不逢站必停，如果有人下车，拉一下座位上方的绳，铃响会提示司机。如果到站没有铃响，站台上也没人招手，司机会加大油门呼啸而过。乘坐公交车，每一个到站下车的人都会向司机师傅说一声"Thank You"，这是惯例，以此表达对司机师傅的尊重。我也入乡随俗地一次次表达自己的谢意，虽然这句"Thank You"并不十分的纯正地道。

不得不说，在这里生活，如果没有私家车，出行是极为不方便的。所以，汽车已经成为每个家庭的必需品，一个家庭有几辆车更为司空见惯。不过，对于我这个短暂寄居的人来说，一张小小的公交卡也能保证出行无忧了。

为了免受语言的困扰，最初我只敢涉足华人超市大统华。日子久一些，我慢慢壮起胆子去西人超市 Walmart，用简单的零星词汇应付必要的结账交流。我还硬着头皮在 Mall 里买了一双踩雨雪的鞋，尺码似乎和国内的不太一样，依赖蹩脚的英语，通过与店主的交流，我顺利调换了小一码的鞋子，合适而归。还有一次，我事先专门准备了几个关于打折的关键词汇并夹杂使用计算器，竟然成功地与店主讨价还价，以出乎意料的便宜价格买到一个牛仔背包。

多次出入 Mall，我也耳濡目染地掌握了一些购物的小贴士。比如：

"sale"，意味着打折开始啦，但凡打折还是很让人心动的，商家一点也不会吝啬；"final sale"，是折扣至最低且不退换；"price adjustment"其意义在于，如果买时东西没有折扣，在退换期内该商品打折，可以拿商品去售卖处以当下折扣重新购买，从而得到小部分退款，不要觉得不好意思，这是消费者应有的权利！另一种福利是同样商品不同卖家，若其中之一打折也可以要求做出同样的折扣！很美好是吧！这真的是在国内享受不到的福利！"return"，可退货！除了final sale的东西不可以退，其余商品规定时间，保留好收据随时能退！无条件退！而且态度极其好，不会让你有任何的不适感。所有消费在加拿大都要收税，消费税为13%，免税店除外！一回生两回熟，渐渐地，我的日常购物即便没有国内淘宝购物那么得心应手，也还是能享受很多物美价廉的窃喜。

我还去BMO银行办理过业务。因为全程需要中文交流，就必须提前预约。在约好的时间，会有讲中文的经理为你一对一服务，耐心细致地解答你的所有问题。第一次我是办理了一张和孩子联名的借记卡；第二次我想修改一些信息，顺便查询了一笔有疑问的手续费，没有料到，经理只是仔细核对了一下费用详单，分分秒秒就把那笔手续费退回到我的卡上，虽然金额不大，但这样的办事效率实在令人刮目相看。如果是简单可以在柜台办理的业务，只需排队就行。因为签证要求，我开过一次存款证明，从手机里查出"存款证明"的英文，指给工作人员，竟也顺利办理成功。如果只是存款、取款，根据限额要求，ATM机上就可以直接办理，也不用担心不懂英文，按照提示选择中文指引，轻而易举便能完成。

在那儿生活的一个月，没有条件每天去打羽毛球锻炼身体，我就改为游泳。游泳池的环境实在是太好了，任何时候的水都能清澈见底。按照功能划分了三个游泳区域，一个普通游泳池，一个专门儿童游乐园性质的，一个是专业训练，能够跳水的。还有热水池可以泡、桑拿房可以蒸。这里游泳是不需要佩戴泳帽的，我已经习惯戴泳帽，还遇到过特殊问候。一位可爱的姑娘，专门蹲下来，大概意思是问我的头是否难受，我赶忙用"Thank You"表达了对她关心的感谢。另外，游泳馆内的浴池是可以免费使用的，即便你不需要游泳，也可以不受约束，随时进去冲个澡。真是挺开眼界！

最值得傲娇的是，从始至终我都没有开通国际漫游和无线网络。如果外出需要和孩子保持联系，就找一个有公共网络的地方微信留言。虽然遇到信号微弱的时候，的确有一些不便，但从来没有造成过影响。

其实，我的英语水平还滞留在20多年前。曾经无数次地担心，在遥远的异国他乡，在始料不及的未知里，不知会有多少层出不穷的麻烦令我狼狈、挣扎、无所适从，正是这样的顾虑一次又一次拖扯我不敢迈开出行的脚步。但真正鼓足勇气走出来，身处陌生的国度，预想的所有胆怯、忧虑、困难都没有让我觉得阻力重重。用心观察、大胆尝试，在全新的环境里，希望、勇气与力量，渐露微光，让我重新收获了成长与信心。

所以，亲爱的朋友，如果你也需要一次异国之旅，大胆出发吧！不要去凭空设想那么多的手足无措，相信自己，会收获一份不一样的新鲜体验。

温哥华的雪

3月，雨、雪、艳阳交织着，迟迟送不走温哥华的冬天。

又一场浩浩荡荡的磅礴大雪，突袭而至。雪舞苍穹，打破了冬的沉寂，寒冷凝固的风景忽然间有了生气。飞雪落在绿荫丛中，化成一朵朵棉花糖，雪花洋洋洒洒，林荫大道变成了玉树琼枝。一片片柔软的雪花轻盈地飘散，唯美清澈、如梦似幻，一座座低矮整齐的 HOUSE 很快掩映在洁白晶莹的雪色中，宛若浪漫的童话世界。风飘雪舞，刚开始，还以为是老天撩人的小把戏，谁料并没有偃旗息鼓的迹象，居然闷头下了一整天，模糊了天和地。夜色中的雪花，经过灯光的渲染，自由飞舞，分外夺目。

晨起，雪住，满目积雪的盛况。白雪皑皑，银装素裹，一个粉妆玉砌的世界展现眼前。乍晴的蓝天和地上的白雪相映成趣，屋前远山，房顶树梢，积雪覆盖，面容娇羞。大地万物冰清玉洁，清新雅韵扑向眼底。晶莹剔透的雪花铺满整个院子，角角落落都在厚厚的雪花覆盖中沉睡。树上的每一个枝条都挂满了雪，粗细不一，曲直不同，仿佛摇摇欲坠却又安然无恙。几朵花枝越过栅栏探出来，"墙角数枝梅，凌寒独自开"的意境油然。

空气清冷，却让人吮吸得微微发醉。踩着厚厚的雪冲出去，虽然脚步难免零乱，但可以大口大口放肆呼吸，肺里挤满熙熙攘攘的欢愉。Coquitlam Centre Park 走一遭，湖边积雪缭绕，不忍轻扰。穿着短裤健跑的人群，脚步轻盈，精神抖擞。叫不出名的鸟厮守湖边，扑棱飞远又悠闲飞回。硕大的乌鸦，成群结队，捕食后顺便在雪地里洗洗嘴然后逍遥地飞走。天上的云与地上的雪几乎分不出彼此，清澈干净相映成趣，雪后清新一览无余。如此瑰丽风姿，每一方景致都让人沉醉，只想把这冰清玉洁的浪漫世界揽入怀中。流连其中，妙不可言。

领略了雪的惊艳与炫目，还不得不扫兴地面对凌乱的交通秩序。大雪绵延一整天，尽管铲雪车开始繁忙地运转，路上的盐撒了又撒，还是阻止不了铺天盖地的积雪。马路上所有的车都像是蜗牛爬行，在大雪中慢慢地往前蹭，许多车有气无力地搁浅在平坦的半坡上。稍不留神，路上不管多老的司机都可能"玩儿"出各种漂移，车与车"亲吻"的姿势推陈出新，于是，温哥华秒变温哥"滑"。交通大面积瘫痪，公交车趴窝，天车出轨，都已经不是大雪天的新鲜事儿。

大雪铺路，每家每户必须亲自打扫门前雪，以保证自家门口道路没有积雪。否则如果有人在你的家门口发生摔倒摔伤事件，不仅需要负全责，而且还会面临不同额度的罚款。早上 7 点的街道静悄悄，扫雪啦！铲雪啦！此刻，也是铲雪利器大比拼的时候，俗话说"工欲善其事，必先利其器"，如果没有得心应手的铲雪工具，你会铲得筋疲力尽，四肢无力，铲得心灰意冷，还不得不提防"铲"后抑郁症。

因一季温柔的雨，温哥华被调侃为"雨歌华"；因几场缭绕的雾，温哥华被戏谑为"雾歌华"；又因一场 3 月的飘雪，温哥华再一次更名为"雪歌华"。

这个冬天开始的时候，雪下得轻描淡写，妆容稀疏，其味寡淡，没有人预料到它的收尾会这般霸道。不过，这也应该是它最后的一场演出了。立春已过，都说瑞雪兆丰年，接下来登场的，应该是一场又一场的花事……

游览世界最佳城市公园——史丹利公园

史丹利公园地处温哥华市中心，占地达一千英亩，是北美最大、世界最闻名的城市公园。

整个公园被原始森林覆盖，大约有 50 万棵的参天大树，很多树已经历经风霜几百年，甚至直冲云天 75 米，加之三面环海，形成了一个不收门票的天然大氧吧。公园里有 3 条基本平行的沿海路径：行人步道、自行车道、汽车道，沿着公园的海岸线蜿蜒而建。公园距离温哥华市中心只要 15 分钟，环公园的步行道，可供人们散步、跑步、骑车、滑滑板，同时饱览海面风光，十分惬意。所以，但凡来到温哥华的游客，史丹利公园是首选景点，大家都期盼来此一睹芳容。

第一次来史丹利公园是儿子做向导，雪后初晴，空气中弥漫刺骨的寒，在瑟缩中我们走完公园的不到四分之一。而这一次，我居然成了孩爸的向导，在夏日的明媚里，我们一起用脚步丈量整个公园。

我们沿行人步道进入公园，人行道的一侧是深不见底的蓝色大海，另一侧是深不可测的神秘森林，清新的大海和树林混合的气味徐徐扑面。

7月的阳光里有了灼热，但躲进遮天蔽日的浓荫，瞬间就会觉得清凉。游人并不如织，但三三两两却也不在少数，沿海步道的长椅随处可见，游客可以随时静坐小憩。宽阔平静的湖泊，成群结队的野鸭东游西逛；湛蓝辽阔的天空，海鸥看似形单影只，却翱翔得无拘无束；远处山峦起伏，轮廓无比清晰，森林拥挤着铺满山头。沙滩、森林、海湾、礁湖、海景、山色，丰富的自然景观，令我忍不住拿出手机一拍再拍，不知不觉走出逍遥。

突然之间，手机发出电量不足的预警。所剩无几的电量，根本不能支撑着我们回到家中。要走出如此大的公园，还要辗转公交、天车，没有了手机导航，我们极可能寸步难行。所以，当务之急我们要找一个餐馆来解决充电问题。再沿空阔的海边走肯定不行，我们步入森林里误打误撞。

森林里植被茂盛，古木参天。树种异常丰富，红杉、铁杉、枫树，连同诸多叫不出名的树种应有尽有。草坪和树木都绿得恣意，满目郁郁葱葱。时不时也会出现一些奇怪的植物种类，有的长着椭圆形的小树叶，冒出红色的小果子，斜斜地伸出一枝；抑或是细细的针叶，密密匝匝地凑在一起，像是在争抢着什么；更甚者，就是粗糙而有质感的树皮了，厚实的树皮，有着独特的肌理，仿佛每一个纹路里都掩藏着一个厚重的故事。

转过几个弯，一个园林小超市豁然眼前。我迫不及待地冲进去左顾右盼，竟然没有发现可以充电的地方，那就继续往前走吧。游荡了二十多分钟，走到 Prospect Point Cafe，规模可比小超市宏大多了，赶紧进去搜寻，找到插座了！我们如释重负，解决了充电问题，赶紧再点两份餐，满足下饥肠辘辘的胃。

不承想，这里还是远眺狮门大桥的绝佳地点。1930 年建成的狮门大桥也是史丹利公园的重要标志，这条悬索吊桥，横亘在海湾之上，气势恢宏，桥上有 3 条行车道，也是大温地区的一条重要交通动脉。狮门大桥和旧金山的金门大桥齐名，不过，金门桥的桥身是红色的，而狮门大桥是绿色的。

填饱肚子，充好电，没有了后顾之忧，我们走得更为轻快。史丹利公园的东部还有一处非常吸引游客的地方，就是土著人的木制图腾柱群。高高低低、粗粗细细的图腾柱，上面刻着各种动物和人的造型，有些还涂着艳丽的色彩，构成了别具一格与众不同的图腾风景。这些图腾柱代表的是历史，是土著人曾经的文化，全部来自叶顿家族——一个印第安人家族。在这些图腾柱中，最著名的是"艾伦尼尔"图腾柱，它是这个公园中唯一一个由女性雕刻家雕刻的图腾柱，似乎更显独特。

如果带着孩子来，公园东部的喷水乐园，是个绝佳的去处。喷水乐园面积不是很大，但大大小小的喷泉喷起水来，足以让人全身透湿。那儿还有一些喷水枪，孩子们常把它们当机枪使，肆意扫射。所以，到喷水乐园玩是一定要带泳衣的。为换衣服方便，离喷水乐园五米处就有一个可以冲澡的房屋。玩水前先在这里换上泳衣，玩水后再过来冲个热水澡，然后换上衣服就可以去下一个景点了。

史丹利公园的水族馆也是值得一去的打卡之地，它是整个加拿大规模最大的水族馆。水族馆里有 7000 多种水生物，包括其他水族馆很少见到的杀人鲸和白鲸，另外还有鳄鱼、大章鱼、大鳗鱼、海葵、海星等，会让人们眼界大开。

不难想象，面对原始森林，朝听鸟鸣，夜看夕阳，冬观雪山，秋赏枫叶，饭后就可以信步森林的独到便利，生活在公园的周围会多么美妙闲适。然而，这个位于市中心旁边黄金地段的公园，寸土寸金，一百多年过去，历经数届政府，竟然一草一木都未曾改变，没有任何地产商可以染指公园。一个非常重要的原因，就是温哥华人对于绿地、原始森林等幽雅环境的支持。听到这样一个故事：市政府曾经希望拓宽道路，需要砍掉一个有树洞的大树。一位摄影师，为了抗议政府的决定，竟然自己住在大树中，与树同生死。结果市政府被迫改变计划，保留了这棵七八百岁的大树，如今大树已经成为公园的重要景点。在温哥华，就算砍掉自家后院的大树都要申请，并征求邻居的意见，对于自然环境的保护，确实表现了加拿大人的价值观。

温哥华最引以为傲的瑰宝，不朽的史丹利公园当之无愧。我们期待着与它再次相会！

赏玩世界最美私家花园

很多时候，我们想要去探访一个地方，是因为与之羁绊的一个个或奇妙、或震撼、或浪漫、或忧伤的故事。

位于加拿大维多利亚岛的布查德花园也许就是这样一个存在。这个现在看来仙气缭绕的私家花园，我们很难想象它的前身是一片废弃的采石场。一百多年前，矿主夫人珍妮·布查特完全不懂园艺，只是将朋友送的一些豌豆和玫瑰花种子随意撒在屋旁，随着幼苗生长和鲜花的盛开，萌生了要将这一片荒地脱胎换骨，建立一座大花园的计划。在矿主丈夫的支持下，布查特夫人花了整整 8 年的时间，将寸草不生的采石场，改造成了一片孕育繁茂枝叶的肥沃土壤，又用毕生的精力建造出一座惊艳世界的私家花园。

布查德花园占地面积 55 英亩，花园依地形而建，错落有致，分为下沉花园（Sunken Garden）、玫瑰花园（Rose Garden）、日本花园（Japanese Garden）、意大利花园（Italian Garden）4 个特色园区。由家族成员们精心搭配与设计的 900 多个花坛，完美地营造了活泼、奔放的氛围。这里四季花开，恍若花的海洋，犹如人间仙境，每年吸引世界各地数百万游客来此观赏。

带着惊讶与艳羡，我们来到维多利亚，只为一睹布查德花园的芳容。为了不错过每一处风景，我们提前做了充足的准备，确保花园美景一网打尽，不辜负我们的迢迢奔赴。

下沉花园的入口始料不及的隐蔽，仿佛一不留神就会错过，作为花园的核心和主体，完全没有大张旗鼓的张扬。沿着一条山径缓缓走到尽头，俯身的瞬间花园全景尽收眼底。虽然已近仲夏，但各色不知名的鲜花落落大方地竞相绽放，姹紫嫣红，争奇斗艳。大片的绿色草坪，翠色袭人，散发茵茵生机，惹人侧目。高高矮矮的树木造型各异，有松塔般屹立的，有直入云天般高耸的，有密集成团状簇拥的，层次清晰地分布。花草树木看似随心所欲，却分明井然有序，令人格外赏心悦目。确信不疑，布查德花园最经典的网红照片一定来自这个角度。

从迂回的阶梯走到花园里面，目不暇接地穿过一片片开花的乔木和灌木，仿佛置身于爱丽斯的梦境之中，我们忍不住再三留恋。绕过小山丘继续前行，一直抵达下沉花园的尽头。山下平地，曲径环绕，人工小湖，山泉飞泻。湖中喷泉号称罗斯喷泉，是为纪念花园建造 60 周年而设计安装的，其水柱高达 21 米，昼夜喷涌，生机焕发。

玫瑰花园实在是个浪漫的所在。园中主要有三种类别的玫瑰：茶香配种玫瑰，多花玫瑰和攀爬玫瑰。所有玫瑰艳丽得不管不顾难分高下，我们的眼睛开始忙不过来。茶香配种玫瑰，枝干纤长，一根花枝上只有一朵鲜花高高在上，有点目空一切的孤傲；多花玫瑰，一根枝干上布满许许多多小巧精致的花朵，熙熙攘攘挤眉弄眼地拥作一团；攀爬玫瑰，枝蔓吊垂相得益彰，各形各色的花朵层层叠叠。最为俘获人心的当数拱形玫瑰长廊，全部采用色泽艳丽的红色系作为装饰元素，密密匝匝袅袅娜娜地排到几米开外，匠心独具，精美雅致。在此驻足，仿佛步入喜庆的殿堂，无来由地就有一股柔情蜜意弥漫出来。几乎所有游人都会在这里拍照合影，似乎是想要被丝丝缕缕浪漫甜蜜的气息晕染。毗邻玫瑰花园的是梦幻的玫瑰旋转木马，大人也可以童心未泯地坐上去。突然想起了王菲的歌曲《旋木》："旋转的木马，没有翅膀，却能够带着你到处飞翔；奔驰的木马，让你忘了伤，在这一个供应欢笑的天堂"。如此精心的布局，更渲染了玫瑰花园无与伦比的美学品位。"音乐停下来你将离场"，我们也该离开去拜访下一个花园了。

　　一个日式牌坊大门赫然眼前，这里就是庭院式设计的日本花园。与热情浓烈的玫瑰花园不同，走进牌坊后就能感受到浓浓的日式静谧氛围。园内遍植樱花、松杉和枫树，曲径通幽的竹林和日式的石雕，滴漏，盆景随处可见。被一簇簇软绵绵、粉嫩嫩的日本落新妇吸引，穿梭于小桥流水、石阶凉亭，绿水青山，惊觉东方的园林设计，居然如此恰到好处地融合在了布查德花园。

　　穿过星池边布满绿植的拱门，就来到了意大利花园。这是一个最具西方色彩的花园，既不同于下沉花园拥有大面积的绿植，也不同于日本花园的素雅，更不同于玫瑰花园的温情浪漫。园内有青铜雕像和十字池塘，各式建筑装点着各色花卉，仿佛是置身于花的海洋。布查特家族的旧居，就在这片花海之中。

　　游览结束，许多游客会在下午茶餐厅小憩。毗邻窗口而坐，阳光沁人心脾，音乐婉转柔和，眼前是爱人、面前是美食、窗外是美景，细嚼慢咽着静静流淌的时光，这不就是人生最惬意和幸福的时刻嘛！

　　好客的布查特夫妻，当初用意大利语"欢迎"来命名花园。Welcome Butchart Gardens！如今的布查德花园，正在用精湛高超的园艺和无与伦比的美景迎接世界各地的旅人。

　　世界仿佛很远，又似乎很近。

　　美景无国界。出发！

　　远方那些诗意和美好，正等着我们意气风发、千里迢迢地"惊鸿一瞥"……

探访白石海滩

白石小镇处于温哥华南部的最边缘，与美国接壤，越过美加边境只要一个小时便能抵达美国。白石镇有漂亮的海滨、栈桥、沙滩、码头和沿海步行路。如果到了温哥华，不去白石镇似乎就会觉得少了些什么。

我们认真研究 iPhone 地图，被迫使用了十万分马虎的英语，周旋于天车与公交之间，居然没有花费太大的力气，就抵达白石小镇。这里静谧恬淡，很难见到大商场或者是现代化的饭店，取而代之的是具有当地艺术气息的小店以及装修浪漫的各式饭馆。

寻找海滩也没费吹灰之力，我们凭感觉顺着层层叠叠的山势一直往下，辽阔的大海便涌进眼帘。海滩上的栈桥分外醒目，这是加拿大最长的栈桥，一直伸进大海。据说，顺着 463 米的栈桥漫步，有种体验走向大海心脏的感觉。如果赶上退潮，海边大片的细沙滩和成群的海鸥更是让人心醉。不过，眼前的模样却是逊色的。因为去年秋天的一场大风，栈桥被一条游船撞断，目前正在修缮中，被贴上禁止通行的标志。

小镇的地标——White Rock，就位于白石海滩旁。据说这块石头是上个冰河世纪的沉积物，历史有 11000 年之久。1791 年西班牙人发现了这块巨石，并把它作为航海标志，后人为了方便辨识就把它漆成了白色，白石镇的名称也因这块巨石而起。

海边空气清新，再加上一望无际的海水和天空，沿海步道上散步的人们不在少数。轻声细语，不紧不慢，一路缓行，从容惬意。

从停车场到海滩之间横亘着一条铁轨，铁轨的一侧是人行道，另一侧便是茫茫无际的大海。这条海滩最有名的就是火车道了，铁道已有上百年的历史，现在还在使用，往返美国。我们沿着铁轨缓缓往前走，听见不远处传来一声鸣笛声。那是一辆运送货物的火车，它携带着百来节不同规格的火车厢缓缓向前驶来。随着鸣笛声越来越近，火车刺眼的灯光也出现在了我们面前，我们靠在铁轨一旁的铁栏杆上，看着火车越驶越近，强劲的风鼓鼓吹来，我按住了差点被风吹走的帽子，下意识地往后倒退了几步。火车终于从我们眼前驶过，这可以说是我们距离火车最近的一次了，只要伸出手，就可以触碰到车厢外部凹凸不平的纹理。耐心地等待着百来节车厢缓缓驶过，我们走下了台阶来到海岸边。

海风徐徐地吹拂着，伴随着一点点腥咸味。沙滩被淤泥和大片鹅卵石覆盖着，游人可以自由地走上去。有喜欢垂钓的人到此钓鱼捉蟹，可以带回家去一饱口福。还看到两个年轻小伙儿，从车上卸下一个皮划艇，费力地推进海里，扬长而去，直至消失在海平线。

沙滩浴场上熙熙攘攘，老人、孩童、成年父母，有的跳进海里嬉戏，有的在享受日光浴，一片吵吵嚷嚷的欢声笑语。

朋友圈里曾经看到过一张照片：白石海滩的夕阳燃烧着，一人一狗，倒影映在黄昏的沙滩上，意境唯美。过了正午，我们就该返回了，如此别样的风味等着下次品尝吧。

Rocky Point Park 见闻

Rocky Point Park 是一个海边公园，导航显示 6 分钟的车程，我们曲曲折折走了将近两个钟头。没有交通工具的每一天，我们姑且用脚步来丈量。

阳光清澈透亮，空气干净得令人难以置信。云彩堆积着，巍峨得好像奇异的山峦，把天空铺展成华盖。阳光蒸起的气息清洁、湿润、微香，令人甘之如饴。迎面而来几只硕大的乌鸦，这边飞起那边落下，鸣叫声清脆嘹亮，丝毫没有什么不祥的预兆。

公园入口，是小小孩童的乐园。正值盛夏，喷泉开放。有的孩子刻意换上泳衣，有的孩子就是随意的短裤 T 恤衫或者漂亮的小裙，全然不在乎喷泉的威力，在水里蹦蹦跳跳地肆意欢快。

一位年轻漂亮的美女老师竟然把课堂放置在了公园，大大小小的书包散落在附近的草坪。六七个 10 来岁的学生坐在方形的石桌边上，移动的小黑板矗立在石桌前方，小黑板上画着一些个数不一的小动物，大概是在教简单的算术题吧。孩子们并不正襟危坐，但似乎也没有东张西望。

老师以半跪半蹲的姿势给学生们做着讲解，一副很愉悦的模样。

一棵参天大树之下，几张简易折叠长桌铺张开来，上面琳琅满目地摆放着许多餐盒。餐盒里的食物五花八门，果酱、沙拉、西兰花、锡纸大虾、三文鱼等，另有橘子、火龙果、香蕉、草莓、圣女果等水果云集，还有许多秀色可餐的甜点。显然是几家人的户外聚餐，各自带来一些备好的成品。更为火热的场面在长桌附近，一个炉架上正在烧烤美味，一大块牛排看起来非常有食欲。还看到一些五颜六色的串串，里面有蔬菜、肉食，还有水果，这样另类的烤制食材，味道肯定与众不同。虽然烧烤的场面热烈，却看不到丝毫的烟熏火燎，也许是因为海边空气实在清新的缘故吧。

沿海滩缓行，一条木质栈道突兀出来伸进辽阔的大海。踏上栈道，另侧的风光更让我们眼前一亮。一对中年夫妇刚刚出海归来，准备靠岸，要把快艇拖回家。岸边是一个宽阔的斜坡，夫妇两人从搁浅的地方，费力地将快艇推至斜坡边缘。然后从停车场开来一辆皮卡车，拖挂着一个专门装载快艇的轮架，经过一番摆弄，皮卡车拖着快艇扬长而去。

另一对老年夫妇看样子正准备出海，丈夫着装很绅士，白色裤子搭配黑白条纹的短袖，外加一条色泽艳丽的小小丝巾，出海也要这么隆重吗？但老先生的举止更绅士呢！他独自先将小艇从斜坡推进海里，然后慢慢划到一条低矮的栈道旁边，试了好几个角度，停稳小艇，小心翼翼地将等候在那儿的白发老妇人，搀扶上来，再安顿妇人笔直地坐定。小艇晃晃悠悠地打几个圈之后，终于安稳下来，老先生发动马力驶向远处。我们目送两位气定神闲的老人，消失在了视野所及的地方。

另一群帆船少年挤进眼帘，距离岸边并不太远，分辨不出他们是在训练还是比赛，但能听到兴奋的尖叫。以大海来作陪的运动真的好奢侈，艳羡之外，更多的是感慨。如果我们的孩子，放学以后可以驰骋在各个运动场地，而不是戴着深度的眼镜，被囚禁在诸多的辅导班，该有多好。

栈道上的人突然多起来，仔细打量，是一群穿着黄色 T 恤衫的中年男女，带着一群大小不一的孩子。从眼神和走路的姿势能看出来，这些孩子似乎都有些智力的障碍。原来，是义工带着孩子们出来游玩。孩子们左顾右盼，充满好奇。想起家乡福利院的孩子，也经常被义工带着游园踏青、参加演出。爱，果真不分国界。

阳光轻柔，海波微漾，和风拂面，碧空如洗，目力所及，一片祥和。徜徉在这样的海边公园，没有喧嚣，唯有安宁，心情温润明媚。

维多利亚印象

从温哥华乘坐轮渡，一个半小时就可以抵达维多利亚。维多利亚属于典型的海洋性气候，这里一年四季如春，气候温暖湿润，到处繁花盛开，是享誉世界的花园之都。从精心养护的布查德花园，到市中心标志性的灯柱花篮，以及几乎所有的公园和街区，都可以明显地感受出维多利亚人对园艺的热爱。

Inner Harbor 是维多利亚典雅风情的集中体现，城市以这里为中心向四周辐射开来。市区最重要的建筑物，如 BC 省议会大厦，皇家伦敦蜡像馆，皇家 BC 博物馆，帝后大酒店，雷鸟公园等都集中在这里。

港口从天空到湖泊再到海洋，无不被蓝色环绕，这种纯粹的蓝色基调，辽阔、深邃而又纯净，让人一见倾心。在这里停泊的游艇，大大小小不胜枚举，看似停放得并不中规中矩，但分明感受到秩序的井然。宽敞的人行道环绕在港口周围，游客三五成群沿着港口悠闲地漫步，湿润海风拂面而来，鸥鸟自由自在地尽情翱翔，融入其中，身心松弛。

步入街道，古典风格的路灯上挂满了艳丽的鲜花，在柔暖的阳光下迎风招摇；许多的街头即席画师和手工艺者，各占一隅，大大方方地展示自我；不时看到欧洲古式马车从我们身边缓缓驶过，乘坐其中的游客，也许都想体验一下中世纪的风情；另有艺人在这里一展歌喉，吸引路人随着节奏无所顾忌地翩翩起舞，活泼、平和、愉悦的气氛油然而生。

BC省议会大厦面对着港口，是一座维多利亚式的建筑。议会大厦宏伟气派，大厦雕梁画栋，各色彩绘玻璃与屋顶设计都富有浓郁的古典气息。议会内部分为地下一楼、一楼、二楼，在一、二楼间挂着一幅极大的画，描绘的是卑诗省的历史故事，议会的内侧是图书馆。议会大厦前竖立着维多利亚女王的铜像，是权力的象征。乔治·温哥华（温哥华岛的发现者）的雕像则屹立在青铜屋顶的圆顶上，俯视着港口。中庭的喷泉是为了纪念BC省建立100周年而建。省议会大厦安保严格，但完全免费对游人开放，我们进去游览的时候，会议大厅里正在召开会议，非常庄严隆重。议会大厦前绿草如茵，茸茸的草坪上随处可见不修边幅的人流，孩童追逐玩耍，情侣卿卿我我，家人树荫下闲坐，还有直接躺在草坪上小憩的，几乎与公园无异，一派休闲惬意，与议会大厦的肃穆形成了鲜明对比。

具有爱德华时代古堡风格建筑的帝后饭店，面对蓝色的维多利亚内湾，反光硬木地板、丝绒家私、雕琢而成的窗框横梁，堡垒式的大楼帝王气派，仿佛穿越百年时空，向我们诉说着昔日的辉煌和华丽。常春藤在褐红色的外墙上蜿蜒，直达蓝灰色尖顶；饭店广场上，华丽的灯柱和精心修剪的园艺，都显示出这个饭店的尊贵，据说英国女王到维多利亚，即下榻于此。

旁边的雷鸟公园，是一处大型的户外印第安文化展示区。公园内汇聚了15根由原住民部落雕刻而成的图腾柱，蔚为壮观，颇有置身远古印第安丛林部落的感觉。图腾柱上最显著的特点，是柱顶都有鸟的形象。据说雷鸟是当地部族信奉的神物，具有超凡的功力，当它扇动羽翼时，雷声隆隆地来，当它眨眨眼睛时，会射出闪电般的光芒。公园内比较特别的还有一排长形的木制矮屋，这是印第安传统的"长屋"建筑，令人眼界大开。

风情万种的维多利亚，可以享受悠闲步行的乐趣，饱览美丽的海边景色，欣赏历史悠久的古老建筑，体会承载厚重文化的博物馆。时间匆忙，我们期待下一次继续慢慢品味。

我的眼中只有你——UBC

UBC 是 University of British Columbia（英属哥伦比亚大学）的简称，始建于 1908 年，是加拿大 BC 省历史最悠久的大学。它坐落于风景如画的温哥华西南角，依山傍海，被誉为西海岸的明珠，素有"北美最美校园"之誉。UBC 与麦吉尔大学、多伦多大学并称加拿大大学"三强"，在加拿大国内的排名中始终保持前列，是全球最顶尖的公立大学之一。

自从孩子去往温哥华读高中，我们全家就埋下浓厚的 UBC 情结，孩子的目标大学非他莫属。2019 年 4 月，儿子如愿以偿收到 UBC 的 offer。参加完孩子的高中毕业典礼，我和先生就兴致勃勃地前往 UBC 一探究竟。UBC 实在太大了，短短的一天时间，它的神秘面纱我们也仅仅撩开冰山一角。

Student Union Building，作为 UBC 的学生中心，SUB 是当之无愧的综合体，由内而外地散发着充实温馨的味道。从一楼的多家餐厅，到地下一层的 food court，从软糯可口的比萨、汤稠味浓的拉面，到新鲜清口的寿司、甜蜜温和的奶茶，无不刺激着你的味蕾。夏日炎炎，门前的草坡上坐满了享受阳光的人们，自然的芳草清香与食物的香甜融为一体，构成 UBC 一道独特的风景线。

站在一楼大厅，到处可见莘莘学子，一本书或一个笔记本电脑，端坐在任何一个楼梯或者随意斜靠在某个角落，都是一道悦目的风景。向上仰望，鸟巢造型的学生活动中心在头顶熠熠生辉，吸引我们上楼观看。没有大型活动，同学们零星散落各处，正在忘我地学习。楼上还有一个十分复古的霍格沃茨风格的学习大厅，看上去庄严肃穆还有些许的奢华，超大屏幕的电脑整整齐齐地排列，熙熙攘攘地挤满埋头苦读的学生，也许是因为深厚的学习氛围，让这里也渐渐成为 UBC 的标志性景点。步入顶层，有个酒吧，同学们三五成群地围坐，各自一杯咖啡，一份牛排，在蓝天白云下吃喝聊天，一副很安逸的模样。

走进 BeatyBiodiversity Museum 这个地下博物馆，入口两侧传来刺鼻的味道，似乎是从工作人员手中，一个装满棕色胶状物的小盒子里传出。我们鼓起勇气走近闻了闻，是一股带着浓厚海腥味的鲸鱼油味道，如此亲密的接触，让我们永久记住了这座特别的博物馆。

巨大的蓝鲸骨架、成百上千的动植物化石和标本，向世人展示了从远古到现代生物的多样性。走在琳琅满目的标本中，微甘的尘土味道扑面而来，仿佛进入了一个由上古流传下来、被历史尘封了多年的巨型生态宝箱，在安静地等待人们慢慢开启。

Koerner Library，作为著名的影视取景地，曾多次出现在各大电影和美剧中，现代简约的外观，为其平添了一份绅士气质。

这里是拥有 UBC 最多藏书的基地，穿梭在整齐罗列的图书中，柔和的纸墨香气环抱着整个建筑——"书香门第"中所述的"书香"，或许莫过如此。落地的玻璃墙毫不吝啬地向阳光敞开，古典的台灯和棕木桌与之摩登敞亮的外表形成鲜明的对比。走进大门，你可能会被静谧严肃的文人气息震慑，这大概就是它的最奇妙之处——让人退去浮躁，静下心来。坐在这里阅读沉思，不失为修身养性、陶冶情操的最佳选择。

如果说 Koerner 是现代明朗的外表下包裹着古典深沉的内心，那么 Irving K. Barber Learning Centre 就是披着古典庄严外壳的温柔现代化图书馆。

作为 UBC 的标志性建筑，IKB 已经拥有上百年的历史，灰白色的石砖、五彩的艺术玻璃、耸立的钟楼，都显示着它元老的身份。如果不喜欢 Koerner 严肃寂静的氛围，大概都会来 IKB 学习——或在各种 size 的自习室，或在密密麻麻的人群中找到一席位置。来来往往的同学们熟练地操作着自助的打印机，多才多艺的音乐爱好者戴着耳机弹着公共的电子钢琴，还有想要放松的同学起身走向一角的 cafe，买上一份自己喜爱的点心，补充一天的学习能量，大家各自沉浸在这轻松又不失专注的气息里。

Aquatic Centre，这里是 UBC 水上项目爱好者的天堂——不只游泳、跳水、水上排球，甚至还有汗蒸室和温泉，运动休闲之余，还能拥有高级的享受。沐浴露的清新稍稍冲淡了消毒水的刺鼻，经过净化的海水依然泛着一丝微咸，构成游泳馆别具一格的专属味道。

Rose Garden，是 UBC 最浪漫芬芳的地方。各色的玫瑰争奇斗艳，沁人的花香萦绕着甜蜜，挑逗着我们的嗅觉，勾勒出玫瑰园的明媚与圣洁。但凡来 UBC 观光的人们，都会在此间久久缱绻。倚着栏杆，闻着花香，与身边的人窃窃私语，微风轻拂，所有的美妙，仿佛一瞬间都糅进了风中。

时隔一年，当我记下这些回忆的文字，是想留下令我们流连忘返、挥之不去的 UBC 气息。恰好今天，我的女儿也收到了 UBC 的 offer。期待作为新的一分子的女儿，用勤奋与努力去发掘，属于自己的 UBC 独家味道。

第三辑　流年絮语

我们这家人

穿针引线也没有彻底弄清楚的家庭关系，贯穿了我的整个 70 年代。我时常纠结于除了同一个屋檐下的 3 个姐姐，怎么还有那么多身份并不明朗的亲戚，甚至自己小小的年纪就已经霸占了大大的辈分，也让我暗地里不知所措。

也许料定我懵懂无知，也许介意我弄个水落石出，那个年代没有人大大方方给过我任何解释。我索性不再刨根问底，任凭自己生活在一片混沌的家庭背景之中。反正，我是父母的掌上明珠。我可以不计后果地任性调皮，也总能随手掏出分分角角买几颗糖、买一小袋瓜子解解馋，还可以享受带点零食上学的奢侈，尽管通常只是一个青绿的苹果。这些小小的特权，让我暂时放弃对所有关系的起因好事地追问。

我的幼年记忆，曾经被割裂在几个地方。盘龙村，是改荣大姐的家。她家有凉快的窑洞可以避暑，村里有条清澈见底的小河横贯南北，最热的伏天跳进没有安全隐患的河里，便可以痛痛快快地消解暑气。但返回县城时只能坐毛驴车的待遇，大大锐减了我再去的兴致。毛驴在崎岖的山路上飞奔，我的五脏六腑争相沸腾，颠得我龇牙咧嘴苦不堪言。

改变注意我去了宋曲村，那是稳照哥的家。他的家里有 4 个孩子，两个和我年龄相仿，可以一起学习玩耍。最重要的是他家开了个小卖铺，偶尔帮忙卖点小东小西收个钱，很有优越感。晚餐端上一碗绿豆面，坐在他家宽阔的平房顶，就着习习凉风，吃得有滋有味。回县城的时候，可以坐自行车，虽然时间长了脚会麻，但总比翻江倒海的颠簸要舒适很多倍。

改荣姐的家里有 3 个孩子，两个都比我大，但依然要"小姨小姨"地称呼我。姐夫属于农村里的能人，为人精明，在村里开了个药铺，治个头疼脑热的小毛病不在话下。隔三岔五他就会跑一趟县城，看得出，父亲对他的不够脚踏实地颇有微词，有时候黑着脸批评的话语很严厉，而姐夫一边打着哈哈解释，一边很不自在地端坐。县城里能投奔的地方只此一家，他不计前嫌，依旧还会一来再来。

长大一些，我知道了改荣姐是我同父异母的姐姐，稳照哥是我同母异父的哥哥。由此，父母坎坷的过往渐渐揭晓。改荣姐还有一个哥哥，是父亲过继来的儿子。哥哥家有 6 个孩子，其中 5 个年龄都比我大，却都要称我为"小姑"。而母亲的经历更为复杂，她年轻时漂亮端庄又爱学习，被婆婆奶刻薄地挑剔，生怕母亲出人头地，强迫孙子与母亲离婚。虽然母亲与婆婆的关系非常融洽，只是家中大小事情都是婆婆奶做主，没人敢反抗，母亲只能忍痛撇下稳照哥。之后，母亲再婚生下现在的 3 个姐姐。姐姐们的亲生父亲在"文化大革命"期间去世，母亲拖着 3 个弱小的孩子，无论生活怎样艰辛，仍旧毫不犹豫地谢绝了富裕人家收养姐姐的好意，心中"一个都不能少"的信念从未动摇。母亲与父亲结合时，父亲并没有忌惮包袱很重，收留了大小四口女人。母亲 42 岁的时候才生下了我，难怪所有人都觉得，我理所当然就是父母最宠爱的孩子。

虽然亲戚们大都生活在乡下，好多并无任何血脉上的关联，但善良的父母没有厚此薄彼，全都保持着亲近的往来。其中母亲的贡献最大，双方子女以至孙子孙女，十几家的关系全靠母亲的善良大度、精打细算来维系。无论谁来县城的家里绝对不会给脸色，竭尽全力热情款待，哪家有困难省吃俭用也要想方设法给一点物质救济。今天这家娶个媳妇，明天那家嫁个姑娘，或者纷纷再坐个月子，家长里短的琐琐碎碎实在不计其数，母亲却从未释放出任何不满与抱怨，几乎每家的事情她都亲力亲为从不落空。的确，母亲对于家庭比我们更有信念，牺牲成为她的一种本能。最难处理的婆媳关系、大姑姐与弟媳的关系，无论每家的经再难念，母亲从未败下阵来。她哪有什么灵丹妙药，以德报怨的宽容、面面俱到的体贴，辅以几十年如一日的坚持，所有的心结都能被母亲一一解开。父亲从前过继来的儿子，即便是与父亲没有血缘关系，但对这个长期生活在农村的儿子，母亲也经常嘘寒问暖，甚至6个已经成家的孙子孙女的大小家事亦不曾马虎。父亲去世后的许多年，已经来峡市居住的母亲依旧事无巨细地打点县城、乡村里每个亲戚家庭的大小事宜。所以，虽然几十年置身如此复杂的家庭关系，母亲却没有和任何人红过脸，在亲戚中有极好的口碑，深受老老少少的由衷爱戴。感同身受着母亲爱的教育，如今，我们姊妹几个已经坦然接过母亲亲情的接力棒，哪怕是没有任何血缘关系，县城里那些孙子辈的婚丧嫁娶我们也都做到责无旁贷，亲戚的情分绝不会到我们这里被断送。

在我的印象里，母亲做得最深明大义的事情，是将芳姐的工作让给了芳姐同父异母的明义哥。当时，芳姐的父亲已经去世多年，在后来补办的追悼会上，全家人第一次见到明义哥。芳姐父亲的单位领导告诉母亲，按照政策可以安排一个子女上班。芳姐符合条件，正常情况下这份工作非她莫属。但母亲可怜前夫的儿子生活在农村，孤苦无人照料，就让他来家中管吃管喝，并与芳姐商量把这个难得的机会让给明义哥。芳姐当即表示同意，但母亲仍旧不放心，郑重其事地告诉芳姐，事关重大让她深思熟虑并且确定自己绝不后悔。80年代，一份稳定的工作真的就会改变一个人的命运，但文化程度并不高的母亲却有如此的襟怀，怎能不令人肃然起敬？从小受到母亲的耳濡目染，芳姐斩钉截铁地做出了拱手相让的选择，并且果真没有为自己失掉一份千载难逢的工作后悔过。

自打出生我就与3个姐姐生活在一起，尽管我们姓氏不同，但我们内心没有丝毫嫌隙。我小时候淘气非凡，没少挨父亲的巴掌，但毕竟父母上了年龄才生了我，娇生惯养是日常。我的跋扈霸道惹是生非，常常把几个姐姐气得咬牙切齿，但她们习以为常，依旧对我呵护有加。

芳姐长我10岁，是3个姐姐中的老大，特别心灵手巧，七八十年代家里的针织产品大都出自芳姐之手，成品花样繁多且完工迅速；我上小学的时候，在工行上班的芳姐和川哥正在热恋之中，常常等着我放学，带我去看电影。芳姐一度成为女强人，疏离家庭，投身事业，忘我工作。退休后回归家庭，操持家务照顾家人，样样都是好手。

丽姐长我8岁，节约勤奋，品质优良，唯一的嗜好就是学习，是我们家最好学也是学习最好的孩子。丽姐在昏黄的灯下埋头苦读的身影，最为难忘。喜爱钻研的丽姐，多年投身股市的洪流，喜忧参半。

如今丽姐刚刚退休，致力于八段锦的学习，弱不禁风的身体日益康健。

栋姐长我4岁，文静内向，除了不爱学习，再挑不出任何毛病。很小就帮助父母料理家务，及至其他姊妹远离家乡，陪在父母身边，侍奉父母最多的就是栋姐。栋姐人过中年才有了稳定的工作，竟然如火如荼干劲十足，工作能力与业绩超乎我们的想象。现在栋姐处于退休的边缘，修心养性，静待才貌双全的女儿9月出阁。

似乎从来没有离开过3个姐姐的庇护，我却也姗姗走近天命之年。回顾自己成年后的千疮百孔，内心也曾积攒过太多的潮湿，但劈头盖脸的风浪早已消散殆尽，唯留十万分的感慨与珍惜。人生半熟，有可以依赖的灵魂伴侣，有懂事好学的一双儿女，更有还能接受我们赡养的双方老人，所有这些都如同命运的厚爱与馈赠，它们分散在一个个点点滴滴的故事里，隐蔽却闪亮，激励我感恩前行。

90岁的母亲正在走向衰老。终其一生，她的配方蓄满了泪水与爱。尚未成年便目睹了生父的意外身亡，50岁一路痛哭流涕，跋涉至北京送走心脏病突发的妹妹，接着姥姥无疾而终，60岁时另一个妹妹冻死在人迹罕至的荒野，77岁送走相濡以沫的父亲。还有母亲的养父、我收养来的舅舅、芳姐的父亲，风雨来得那么急，还未做好准备，她就失去了那么多的亲人，似乎她的一生都在离别中度过。而曲折的婚姻经历，母亲更是在漫长的一生里尽己所能，修缮补漏。

母亲的唯一儿子稳照哥，始终是母亲内心最深的痛。稳照哥的性格腼腆，为人忠厚老实。4个儿女懂事听话，年龄最长的女儿和我一样大。稳照哥先前做过几年生意，原本红红火火，但就因为太过信任别人屡屡上当受骗，从此人生彻底改变。也许是因为觉得无法面对家人，稳照哥开始离家出走四处飘摇。母亲只要道听途说一点稳照哥的下落，就不顾一切地去寻找。小小县城许多偏僻的角落都留下母亲寻找儿子的脚步，这样的状况持续到母亲将近80岁。其间，母亲功夫不负找到过稳照哥，母亲与父亲商量，腾出一间屋子让哥居住，每月给哥生活费解除他的后顾之忧，让他安心在这个家生活，但稳照哥还是一意孤行借机溜走。直到现在，无论哥的4个儿女怎样多方寻找，稳照哥依旧下落不明。如今，母亲阿尔茨海默病严重的时候，每一次都沦陷在孩子不见了，四处找孩子的极度恐慌之中。母亲独自承受的痛楚太多太多，或许我们终其一生，也永远无法感受母亲的切肤之痛。

母亲对于父亲生前的照顾，同样无微不至。父亲从小吃不饱穿不暖，做过长工，瘦骨嶙峋却干着重体力的活，随着年龄的增长，身体状况一直不好。母亲为了保证父亲的营养，每天早上的牛奶加鸡蛋，几十年从未缺席。虽然现在看来，这样的早餐太过普通，但是在那个条件艰苦的年代，母亲有如此的见识和心意，实属不易。正是因为母亲的精心照料，父亲饱受病痛折磨的晚年才得以安享。

有时候，臣服是最好的顺遂。所以，在每一次与生活交手的溃败里，母亲还是无所畏惧地向前奔去。被爱灼伤，再被爱点亮，是她一辈子倔强的缩影。她用尽力气示范自己对这一生所受伤害的宽恕，她把被婚姻腐朽过的枯槁记忆恢复成参天绿荫，把干涸恢复成潺潺清泉，留给子女真善美的心灵。

母亲又是一个智慧能干的女人，退休后正值改革开放，她不辞辛苦做起了卖布匹和衣物的生意，经常独自去郑州批发市场和洛阳关林进货。那时没有什么门面房，就是在街上摆摊设点任凭风吹日晒，她拉着装货的架子车早出晚归。父亲退休之后，竟然也能立刻放下副局长的面子，与母亲一起拉车卖货同甘共苦。正是由于父母的这番劳苦，奠定了我们家并不拮据的生活，也才让父母有能力救济诸多的亲戚。感谢父母，让我从小过着还算宽裕的生活，直至今日依旧对高攀不上的东西不屑一顾，从未被物质五花大绑。

仿佛一瞬间这么多年就已经过去，我们必须成为大人，父母不得不老去。2007 年，父亲的肺功能衰竭，骨瘦如柴，饱受了病痛的折磨，在那个秋天生命清零。孤单的母亲惜别生活了大半辈子的家，来峡市与我们姊妹几个一起生活。在父亲的追悼会上，我曾答应父亲一定照顾好耄耋之年的母亲，我们姊妹几个认认真真做到了。近几年，母亲虽然吃喝无恙，但却被阿尔茨海默病严重搅扰。时光夺走了母亲太多的记忆，她的性情从善良宽容变得固执任性，老顽童的特质凸显。母亲在 4 个女儿家轮流居住，4 个女婿对母亲照顾有加，其乐融融，从无丝毫厌烦。

任何一个家庭，在这一世的遇合，都是一个无比珍贵的因缘。如果我们不在乎，它会散掉；无论我们多么不舍，它最后还是一样会散掉。只有我们珍惜它，它才会向我们显露那稍纵即逝的善、美与深长的意味，才让我们共鸣出"人间值得"。

满分的爱送给我们这家人。

写给父亲的致歉信

亲爱的父亲：

　　清明节，我回家乡探望过您。墓地旁边，几年前种下的松柏已经枝繁叶茂，它们不言不语，却履行着我的重托，一直寸步不离地守候您。每年在您的坟头，我都应该说些什么，然而每一次都欲言又止。

　　前两天整理旧物，重拾 20 年前您写给我的信，止不住泪流满面。两页的稿纸，爬满小蝌蚪般的字迹，直至如今，我仍旧需要仔细辨认，才能磕磕绊绊读完所有内容。字里行间没有生活琐碎，没有儿女情长，全部的希望和要求都是在督促我递交入党申请书。

　　我清楚地记得，每次回到县城的家里，您都要听取我的工作汇报，并再三叮嘱我一些认真工作、力求出类拔萃的话。也许是因为我连续多年取得了诸多荣誉，您便开始快马加鞭地催促我积极递交入党申请书，而我却总是一拖再拖。最终我们之间引发了激烈的争吵。您严厉地批评我不求上进，我却觉得您思想僵化管得太多，结果我愤愤不平地离家，我们不欢而散。之后，您便托人捎来这封言辞恳切的信。

亲爱的父亲，您对中国共产党深怀刻骨铭心的爱戴，一生勤勉工作，兢兢业业；在领导岗位上更是坚持原则，刚正不阿；特殊的时代原因造成您没有享受到离休的待遇，但您对党的无比忠诚与拥护矢志不渝。您不允许周围有任何亵渎党的言论，哪怕只是随口的一句玩笑，您也会雷霆大发；您始终认为，子女只有加入党组织才是对工作优秀的最佳褒奖；您更要求，我这个被您当作男孩养的女儿，必须要在工作上有所建树，成为一名优秀的共产党员。

　　这次和风细雨的教诲对我影响至深。没有让您期待太久，在我 30 岁的时候，即将临产的我，因为突出的工作业绩，成为当时辖区最年轻的副科级干部，成为一名共产党员，成了您赞赏的样子。

　　之后的几年，您一直在健康的边缘挣扎。您从小食不果腹却干着重体力的活，正是那种常人无法想象的艰难生活，日积月累地拖垮了您的身体，但也正是数十年岁月的艰辛，养成了您特别能吃苦特别能战斗的革命本色。您一夜之间果断戒掉了长达几十年的烟瘾，用自己的坚强承受着身体的病痛。但是，仍旧不忘时刻提醒我工作上要不断进步。

　　2007 年秋天，随着您的去世，我的生活、工作都发生了巨大的变化。经历了一次失败的婚姻，在家庭与工作的权衡中，我放弃了工作上的奋进毅然选择了致力家庭。所以，亲爱的父亲，我很抱歉，之后的 10 余年，忤逆了您的意愿，我却始终没有勇气向您坦陈。

　　我习惯了成为家庭里的"中流砥柱"。被琐碎的生活招安，但始终咬牙坚持从来没有想过要半途逃走；一点一点带大两个孩子，教育他们善良真诚，把他们送进世界前 40 的大学；精心赡养母亲，让她在日益衰老的日子里吃喝无恙活到高寿。认认真真地生活了这么多年以后，想起从前那段跌跌撞撞的时光，是的，我有很多很多落空的愿望，但我却心甘情愿在贤妻良母的角色里越战越勇，变成一个更加快乐坚强的人。

　　人生半熟，这一路走来，躬耕家庭，养育孩子，自我精进，应付风浪，唯独不复有的是从前工作上的野心。但现在的我，更像一片草地，开阔、顽强、不露声色地野蛮生长，时常爆发出让自己叹服的勤奋。所以，很多时候，我觉得自己一无所得，可是与此同时，我又觉得自己拥有了全部。

所以，亲爱的父亲，女儿请求您的原谅。背离了从前工作上的青云之志，在副科的位置上徘徊 20 年，实在与您的要求相差遥远，女儿的收尾也注定不会是普世意义上的成功。然而，人生的答案，谁也无法给我，请允许女儿边走边试。人生前行的方向也会很多，有的时候也并不是止步不前，只是更换一个方向抵达。

展望下一个 10 年，亲爱的父亲，请您相信，我还是从前那个倔强的小孩，制定了标准，然后去竭尽全力超越，我会在自律的生活中得到无穷无尽的能量。

细细地咀嚼过去，酸味更烈，眼泪不自觉地再次流淌下来，流得毫无保留，流得温暖又如释重负。是的，享用岁月的纯酿，要么是当时，要么是多年之后，在此间的追忆中，我无法复刻每一个细节，但可以完全确定的是：成长需要独自完成，女儿未曾偏离轨道。

亲爱的父亲，请您收下我的歉意，一定放心安心，10 年之后继续听取我的汇报。

女儿于 2020 年 5 月

2019，缺了一个口

看似做出决定只用了几个晚上，整理文稿、添加照片、设计排版、校对再三，亲力亲为也只耗时一个月，第一本书就这样仓促问世，但背后的求索岂止七八年。《旭叙》的出版一度带来荣耀，如今仅仅只是再度出发的雄厚动力。继续以笔为杖，记录自己一路的鲁莽和成长，为生活加油鼓劲，提醒自己不要停止前行。

坚持着去做自己觉得对的事儿。

673 天的英语学习，每天至少半个小时，从无懈怠。2019 年报名参加晚上的小班课，一周五天，没有一次旷课记录。我不敢说自己收获颇丰，只能说在一点一滴进步。十年磨一剑。用每天的坚持换来 10 年后的突飞猛进，未尝不可。

参加心理咨询知识的学习，每周上课 3 次。利用早上走路时间听音频，进行大量的试题训练，在 3 月的考试中以 B 的成绩取得证书。据说这个证书并没有取得权威认证，但为我开启了新的知识天地，锤炼了我的学习能力,这样的学习过程哪会说遗憾。

下班后的球馆锻炼,从未间断,对羽毛球的喜欢潜移默化成热爱。不再拘泥于球场上的输赢。2019年拿下几个冠军,但获奖的趣味大大锐减,甚至远远不如一场女双的对抗来得更为酣畅。结识的多位女双伙伴,我们一起胡吃海喝,胡说八道,一起"胡作非为"。明目张胆地叫板,互不服气也互不嫌弃,心无旁骛享受球场上的跋扈纵横。酒桌上话题广阔,不含禁区,妙语连珠,惊喜不断,可以肆无忌惮怨怒嗔怪。每一次邀约对抗,姐妹们都是带着如饥似渴而来,又在意犹未尽中离去。来年,愿我们有更多的机会,不在混双的狭窄群体左右为难,而是在女双的阵营里放开手脚,大力拼杀。

游泳,坚持得有些三心二意。不忙的时候一周五次,忙的时候几周可能也没有一次。但从未影响我对游泳的爱戴。曾经冬泳的日子,一去不返。现在的我,把游泳戏称为水疗。在水里,可以很有思想,构思文稿、谋划生活,甚至一些工作中的灵感,都会突然迸发出来。在水里,也可以什么都不想,孤寂空阔,安静地走走神。无论想与不想,20圈后,钻出游泳池,抖落疲惫与乏味,满身轻松。这,便是经年之后游泳对于我的意义。

做不到境随心转的时候,就让心随境转也是个好办法。所以,不安分的时候,我需要出去看看这个世界。所以,与其说是每一次的启程,不如说是每一次的赴约。2019年,最打动心魄的出走,是国庆的雨崩徒步。计划突兀,但行程完美。从最初战战兢兢地克服高反,到最后随心所欲地转战冰瀑神湖,我们与原本遥不可及的绝世风景欣然相会。囿于市井街巷,向往星辰山川,那些想要实现的事情,请迈开脚步大胆出发。

旱涝保收在如今这个工作岗位上,状态逐渐好起来。尊重自己的工作,认真对待,比起热爱,一样重要。2019年,我写过的方案、总结、报告,不只是数量的增多,更有质量上的飞跃;我记录的支部手册,整整齐齐，内容翔实，不曾敷衍；每月编发的文化月刊、工作信息，内容数量都不敢偷懒；偶尔，也会有闪光的工作点子贡献出来。这样工作的我，忙碌充实，令自己满意。

2019，书读得有些七零八碎。依旧喜欢纸质书的阅读，购买的数十本书悉数阅完，但囫囵吞枣居多，有些汗颜。不过，也有最过瘾的听书经历，得到里购买的《董梅讲透红楼梦》，常听常新，听过数遍不曾厌倦，并且记下几万字的读书笔记，获益匪浅。

2019，我和孩爸还是彼此的屋檐，所以，哪怕大雨将至也不怎么畏惧。小粒儿如愿以偿开启 UBC 的大学生活，只是还需要镇定下来，认真努力，更上层楼。女儿的进步显著，学习成绩和身心成长，都在进入快车道。

所有这些，都是前途有卜。

然而，没有想到，2019 年所剩无几的时候，尾声会是这样的。生活的重锤狠狠地砸在亲人的肩上，而此刻，我的惊恐很真实。大多数时候，我们假装不认识各种疾病，也不觉得与自身关系重大。但事实是，人生这场马拉松，拼的就是健康。此时此刻，面对 2019 年这个大大的缺口，我最为期待的就是：健康。平安。

2019 年的最后一天。这些坦诚且抗拒的文字，算是我的一个自我陈述。

过去很重要，但未来同样重要。好的，坏的，我们都收下吧。

然后，放手一决。

感谢自己，一直保持着朋友圈里的原创书写。也感谢你们，萍水相逢，你们偶尔经过，我偶尔用文字、用照片传递出情感，我们可能一起并肩看会儿风景，聊会儿天，或者听我独自唠叨一刻。然后，彼此告别。

当然，如果缘分够长，没准儿我们可以一起瞭望更广阔的烟波浩渺，分享一份更悠扬的细水长流，助力彼此去经历更丰富的人生。

祝你我不见的时候，各自认真生活。

2018，告别止步不前

12 月末的最后一天，一路回溯到这一年的初始。

2018 年的第一天并不是一个愉悦的开始。我与孩爸坚持多年的跨年总结被他延迟的加班搅了局，怀着怨怼睡下，早晨睁开眼又被孩子隔了 15 个小时的诉苦浇了油。元旦，就这样为一年罩上不安详的阴影。

冒着未融的积雪独自奔赴西坡脑看望扶贫户，安排老妈辗转到二姐家照顾，潦草地准备一些过年的必需，扔下还在工作里忙碌的孩爸，仓促地飞向大洋彼岸。时隔一年半，15 岁孩子的栖身之处，为娘的认知无论如何也不能总是停留在微信里的三言两语。

一个人拖着大小三个行李箱，操着蹩脚的零碎英语，大着胆子自助通关，故作镇定地闯入加国的土地。第一次踏出国门，第一次俯瞰到梦幻的冰雪世界，也将第一次在外度过新春佳节，许许多多的第一次，被我一一践行。特别感谢十几年未曾谋面的 Angel，给了我宾至如归的自由，让我在加国的那些天，游泳锻炼、超市购物、做饭送餐迅速驾轻就熟。

一边调理着孩子的陋习，一边督促着孩子的进步，焦虑总是大于欣慰。家长没有能力陪读低龄孩子的现状，一度令我悔恨地觉得，自己从前做出了一个太过草率的决定。我甚至想不顾一切地留下来，为孩子们营造一个有管教的环境。

　　这样的情绪被我带回国。多少年来，家庭成为我的事业，虽然我一直都是以一个暴力的妈妈自居，但我却能够做到和孩子们无话不谈，更注重与孩子老师们的沟通交流，算是一个能从孩子的细微举止里察觉端倪的细心妈妈，能给孩子们悉心讲清道理的开明妈妈。所以，突然觉得对孩子们的放手实在太早。明明知道，以陪读名义的请假是死路一条，但我还是不甘心地一次次了解单位里的相关政策，同时不得不生出辞职的念头。这真的是一个无比困难的决定。如果没有高一点的收入，仅凭卖掉老房子，也绝对不足以维持孩子们的学业；然而，陪伴更是不能拖延的当务之急。接连两个月，几乎每一天，我都是在犹豫权衡的心力交瘁中艰难度过。除了孩爸，没有人能知晓那段丛生不灭的煎熬。当我终于有勇气把它直言坦陈，禁不住又一次潸然泪下。

　　在加国的空闲，害怕自己被无所事事荒废，我加入到英语流利说的学习。回来以后，除了正常的球馆锻炼，每天大量的时间都被我利用到英语的学习，早上、晚上或许还有手头工作干完的上班时间，夜以继日，甚至放弃读书、写字、拍照。在如此的枯燥乏味中，我完成了没有间断一天的半年英语课程，也轻松达到了返还学费的目标。但是，那并不是一段正常的日子。和自己较劲，从来不是我想要的生活，我需要内容丰富的生活更需要与自己和解。

　　权衡再三，我的陪读心思渐渐偃旗息鼓。我一无所长，现在就弃所有于不顾，这样的牺牲，又会是一个草率的错误。从现在起，脚踏实地地修为自己提高自己，多一些不用惧怕未来的能力，这才是一个聪明的决定。放下自己的焦虑，与孩子们的交流相处也更心平气和，我重新看到孩子们可喜的进步。

同时，调整自己合理安排时间，不再把英语学习当成日子里的全部。恢复了读书、写字、拍照，欣然接纳对生活的全部热爱，内心再次获得丰盈。

暑假，孩子们完成夏校的学习，回到国内已经8月。每年的暑假，都是我们雷打不动的家庭旅游时间，但今年只剩下不足一个月的假期，短短的陕西甘泉大峡谷、靖边波浪谷三日游，还是让我们重温了久违的天伦之乐。同时，孩子们混乱的作息得到改善，良好的秉性也日渐饱满，不由得令人心生愉悦。

运气似乎突然一路锦鲤。不动产证的梗，未费吹灰之力就被解决，遗留问题轻松就有了答案；代表义海能源参加青海省的羽毛球比赛，参加峡市全民健身羽毛球比赛，连续荣获女双第一名的桂冠；去北京参加培训，又做了一回学生，经过几天的紧张学习、测试，顺利取得证书；工作中承担了大量检查方案、实施方案以及工作规章的制定，也并没有预想的那么难以胜任；对于英语的学习，不再逼迫自己全力沉溺，仅仅作为心甘情愿的日常；通过简书编辑自己图文并茂的作品，几乎每一篇投稿都能被轻易加入手机摄影的专题；一次出差的契机，激发出自己涉足心理学的昂扬斗志，火速报名每周3次的网课学习，时间又一次被求知的渴望充满；下定决心整理出版几年来的文稿，再加上照片的筛选，耗时多日，终于在2018年的末尾看到样书的出炉。所有这些，让我一次又一次觉得，这一年，虽然我依旧没能干成一件了不起的大事，但我在心底扬过帆，追逐过澎湃的脚步，告别了止步不前，也顾全了生活的平凡。

加国的学习体制，孩子们虽然不用做漫天的习题，但每一次的大小测试却都不能掉以轻心。考得不好压力山大，考得好亦难逃紧张，不仅是因为后面有一群追兵，更是因为这次考得好下次考得不好，平均分忽然就会被拉下一截。孩子们挺进在这样的赛道上，也是无比不易，值得庆幸的是，他们都在尽力向前。

每一个孩子，都必定有所长。他们冬眠着潜伏着，等待人们的挖掘。所以，在小粒儿 UBC 的申请中，我不能再给他太多的压力。这场竞争太过出类拔萃，论实力小粒儿只是接近边缘，知道他一直在为此不懈努力，我能做的就是给他更多的信心与鼓励。女儿的心智也渐趋成熟，对她的指导一直就是交到好的朋友，学习上有进步，更好地规划自己，按部就班没有起伏并不是不好，但更期待她的大步跨越。

孩爸的工作热情处于高涨的态势。虽然工资较去年大幅下滑，我还是欣赏并坚定地支持孩爸，凭借情怀大刀阔斧。感谢孩爸一直以来对我的鼓励，是他督促我自费参加各种学习，是他帮我完成出书的梦想。也感谢孩爸的纵容，让我可以因为任何微小的收获而沾沾自喜。我想说：是他栽培了我的成长。我们之间，有着每分每秒的珍惜。来年，请孩爸继续鞭策我。

此刻，独自坐在一团宁静里，我记下这些文字，回顾马上就要结束的 2018。

时光太快，快到无论怎么过都觉得浪掷。而生活的阡陌中，和焦虑狭路相逢，脚步狐疑不定，情绪突然沦陷，真的没有人能够改变纵横交错的曾经。只是，在渐行渐远的回望里，那些痛苦不堪的，都演绎成了坚强，那些念念不忘的，都酝酿成了风景。以为过不去的万水千山，其实也可以一路繁花似锦。

明天，也许和每一天并无二致，只是在我们的心里，习惯找一个开始。好吧，2019，工作一心一意，交三五知心人，背起包就上路，打球游泳，读欢喜的书，写钟情的字，拍喜悦的图，这就是我的花天酒地。

也愿小粒儿进入心仪的大学，借此成为我的锦上添花。

人间，真的很值得。也祝愿亲爱的大家，投身到自己的"宏愿"当中，用力生活认真爱。

2017，已往矣

一年就这么大步流星地过去。2017，又将成为记忆里新的昨天。

热爱文字，热爱拍照，成为生活中戒不掉的瘾，凌驾于所谓的爱好之上。以文字、照片的方式与自己促膝相对，做生活与美的记录者，看着它们一行行一幅幅出现，仿佛与自己四目相对，面含微笑。

对运动的钟情，似乎与活着并驾齐驱。坚持早上走路上班，四五十分钟的徒步路程，一年四季从无间断。迷恋羽毛球，淋漓尽致于球场上的驰骋纵横，更倾心于人至中年还饱含的少年气息。

坚持读书，虽然五花八门的书，绝大部分对从事的工作甚至行业都没有直接的用处，但是书中的经验教训总会以意想不到的方式发挥作用，激励我自我鞭策，更水到渠成地融汇于生活的方方面面。所以，每天可以读书的日子，太珍贵！请来年也一定好好珍惜。

冒险去尝试一些从前认为的不可能。今年的最后三个多月，硬着头皮终于让画画进入自己的生活。逐渐找到乐在其中的感觉，给日子带来不同凡响的惊喜，也为自己的恣意抒情找到了另一番用武之地。

2017 年东奔西跑了一些地方，最为心仪的是赶在红房子拆除之前，独自去了一趟色达，梦想终于成真。暑假和孩子们一起去了新疆，伊犁环线的大众线路之外，夏塔古道的悠远、博斯腾湖的星空以及琼库什台到喀拉峻的骑马穿越，都让我们的记忆久久盛放。总是想要从循规蹈矩的生活中突围，所以还是有很多更远的地方值得期待，容许我们慢慢将旅途填满。

　　和老赵在一起的又一年，感谢他尊重和守护我的一个个梦想。被爱包围的我无法说出爱的形状，赖着他荒废一段段人生也真的未尝不可，但我一定会记得认真致谢！因为从来没有坐享其成的爱，且行且珍惜才是岁月赐予成人的慈悲和长情。好好生活，天天向上，这是对婚姻最大的尊重。所以，我不敢不知足，也不敢不努力。彼此成就，共同成长，我们共勉。

　　在并不漫长的前言与序幕之后，孩子们真刀真枪的青春终于开始。独自开始的学习、生活，慢慢不再有了母亲的位置。躲闪着舍不得孩子完全长大的惆怅心情，还是坚定地想让世界成为他们的课堂。感谢孩子们，总是将一大堆报喜不报忧的话，用一种玩笑口吻说出来，不经意地宽了父母挂念的心。为了理想，孩子们不怕颠沛流离，但更重要的是不能迷失在毫无方向的未来。他们的人生，不能只是活在父母的要求里。相信有一天，他们会感谢父母的放手，让他们独立接受生活砥砺的远见，也会感激背后好多为他们助力的身影。希望他们有漂亮的羽翼又能展翅飞翔，祝孩子们好运！

　　微信火热地燎原了生活，感谢熟悉或者陌生的朋友，与我交换信任，交换灵感，也交换对这个世界的认知与见解。也许我也曾以无心插柳的姿态，照亮过他人的生活，谢谢大家的认可与支持。不亲近不疏远，让我们一起被共同经历的时光滋养。可离开，可相见，可续缘，都是珍贵的经历。所以，祝愿微信里的每一个人，都能温柔地接纳一个人的出现或者从此不见。而此刻，只想真诚地祝福，我们在各自的生活轨道上一往无前。

从事了 13 年的工作岗位有了新的调整，原本以为自己已经不能习惯所有的变化，但事实上比我想象的更能胜任。突然想到从前的从前，自己也曾经是一个干练尖锐的职业少女，而之后的之后，虽然顾虑着仕途的每一次进步，都会以隐藏甚至磨灭个性为代价，但骨子里的雷厉风行勤学善思一直都在。我为自己从未丢失的那颗工作责任心而倍感欣慰。

这一年，读了一些无用的书，做了一些无用的事，花了一些无用的时间，都是为了在一切已知之外，保留一个超越自己的机会。请允许自己的天真，做个容易满足的人。

今天，是一个开始也是一个告别。温习了刚刚经历的这一年，依然觉得自己是被生活眷顾的幸运之子。人到中年，突然发现自己竟然是按照心愿一路走来，哪有比这更令人安慰？所以，没有完成的愿望，就把它郑重地交给下一年，埋下希望的种子，为崭新的 2018 做好准备。

午后的阳光很坦荡，不躲不藏。困意突然袭击了我，悄悄打个盹，就是幸福。

也许，你我想要的生活并不在于努力过后的将来，就在于用心过日子的此时、此地。

2016，回望这年

2016年，首尾不懈。从一个唐突的决定开始，又在另一个心驰的决定中结束。

上半年，小粒儿一如既往起早贪黑夜以继日，并没有因为学业上的另外选择而懒怠，心无旁骛接受了中招考试的洗礼，顺利收到外国语高中的录取通知书，为3年的初中生活画上圆满的句号。8月20日，小粒儿以一场告别迎来老爸的生日，独自踏上异国的路途，开始完全陌生的求学履历。从初来乍到的兵荒马乱到慢慢融入的驾轻就熟，疾驰而过的几个月，他的适应之快超乎想象。轻松的学习生活，并不需要小粒儿马不停蹄地力争上游，对摄影的痴迷迅速占据了他的业余生活。网上自学摄影知识，所有闲暇都送给东奔西跑的拍照。但愿安逸的日子不会打败他的斗志，希望前进的路标始终存在他的心底，我们耐心等待，他的梦想破茧而出。

下半年，女儿的初三生活接踵而至。顺应中招考试的紧张凌厉，女儿勤勤恳恳埋头苦读。周末两天除了完成繁重的作业，还要在五个课外班中往返穿梭，并且一直保持着乐此不疲的良好心态。暑假重拾画笔，以作画为爱好，陶冶着自己的情操，画技也有了突飞猛进。最值得欣慰的是，身临其境了一场甲乙双方的抗争，女儿似乎一夕长大，一改从前待人接物的木讷愚笨，处理事情条理清晰，性格上愈加开阔明亮。

2016年，我的工作按部就班的平庸，依旧心甘情愿退居家中做着良母。所幸有孩爸的恭维鼓励与陪伴，良母的角色尽职尽责甘之如饴。孩子们需要一个努力的母亲，这个很重要。所以告诫自己锻炼读书学习，样样都不能松懈。每天早晨6：30出门，坚持一个小时走路上班，下班球馆锻炼，间或中午游泳，拥有了超群的体力。9月份开始重温英语，阅读《书虫》40余册，微信上口语听读，保持每天对英语的介入，没有感觉收获颇丰，但醉心于这份坚持。上班时间的所有空闲，几乎全部交给阅读，各类书籍连同手机上的信息碎片，积累良多。

2016年，对微信的乍见之欢，变成久处不厌。写字拍照，在这里成为一个芬芳的出口。继续保持原创的宗旨，更新有始有终。琐碎生活挑起的共鸣，鼓吹着心里的情绪迫不及待地抒发，记录层出不穷的小确幸、小感慨、小烦忧、小斩获，甘愿泄露生活的点滴，甚至不遮掩身后的一堆破事，坦荡地晾晒给朋友看。庆幸这些散落的文字，不曾辜负朋友们的翻阅，感谢大家在此落脚，或者仅仅只是在此逗留，人不相见，字相遇，交换彼此的真诚，缘分始终相续。大家不由分说的支持，连同评论过的每一字句，都透着相互喜欢的痕迹，仍在源源不断地奖赏我，激励我以更加执着的热爱，供奉这份惺惺相惜的懂得。

2016年，远离单反，愈加热衷于手机摄影，并在图片处理的庞大领域里渐入佳境。很享受手机拍照的随心所欲，这一涉足，恍若与美好撞个满怀。眼里有风景，心中便是艳阳天。街巷的样子大同小异，经常绕一条远路，镜头里就留下另一种风情。或者放下那些暂时无法相逢的远方，随手拍下转角恭候多时的精彩。周遭的千万种模样，如同美味每天可以不重样。随时随地定格简单生活的感动，还好那些任性的美并没有被我粗心错过。微信里的照片全部出自我的手机摄，一幅幅珍爱生动的画面在微信里汇集，连缀成串串锦绣，恰似一种无声的语言，让我无数次地感叹世界如此缤纷，如此不同。平凡的每一天，就这样在我的手机镜头里变成了纪念日。

2016 年，孩爸的羽毛球兴致日益高涨，我们一起出入球场，抛洒汗水，成为很好的搭档。晚上煮一壶热茶，依旧可以在一起说很多废话，也许并没有太多的主题，却总是说多久都不够。所剩无几的青春，逐渐老去的爱情，哪有那么多的轰轰烈烈长风浩荡，只求一份随时虚位以待的感情，默默在侧，换来一粥一饭一颦一笑间的细水长流。其实日子里的鸡零狗碎谁也无法置身事外，很多时候也需要彼此的小小让步，才能赢得大的圆满。只想对他说：两个人一起努力不贪心，想要的一切，都会慢慢有。

夜色悄然合围。房间里有暖和的光，煮沸的茶。戚戚然写下这段岁月的闲话。

即便我的全部努力，也不过是完成了这一年的普通生活。但是，我仍旧愿意把历经的全部生活当作一段旅程，而不是一个目标。并且深深相信，每一个结局都会比开端更美丽。

时光如此迅疾。准备好了吗？

新一年，素未谋面的一切，就要来了。